后浪

郎旭冉 译

日本《朝日新闻》采访组 著

负动产时代

負動産時代：マイナス価格となる家と土地

中国纺织出版社有限公司 | 国家一级出版社
全国百佳图书出版单位

前　言
"负动产"并非与你我无缘

在商品房的样板间里，销售人员常会说："用您现在的房租做月供，就能买到一套同样格局的房子。"如果您听了很动心，就相当于迈出了通往"负动产地狱"——维护和管理费用不堪重负，想卖却又卖不出去——的第一步。

买房除了要还贷款，还必须承担物业费、维修基金、固定资产税等费用，很多人并没有考虑这些支出。我们经过一年多的采访，见到了很多相似的事例，都是由于这些运营成本使房产变成了负动产，让业主苦不堪言。

一位资深公寓管理人员向我们介绍道：

"在销售公寓时，为了让购房者的负担看起来更少一些，开发商一般都会把维修基金设定得比较低，把要交给他们下属的物业公司的物业费设得比较高。在十几年后进行第一次大修时，有些业主委员会发现这个问题就会改用其他物业公司，少交一些物业费，提高维修基金。否则到二十几年之后第二次大修时，如果维修基金不够，可能就需要一次性再交一大笔钱了。”

还房贷虽然辛苦，但总有还清的一天。而维护和管理费用却一直都将由家庭负担。

人生很长。裁员已经不是新鲜事儿，谁都很难保证上了年纪还能有工作，再说退休金也一直在减少。虽然土地和房屋的固定资产税会逐年降低，但降到一定金额以后就不能再降了。此外，即使您一直按期缴纳物业费，但同一栋楼的其他人却未必都是这样做的。

还有一种负动产，其特征是存在多个共有人，可能无法按照自己的意愿处置。现在有些人继承了遗产却没去办理过户手续，一直拖下去就会遇到这个问题。因为逝者的子女或孙辈都是共有人，无论是出售还是使用，都必须取得所有人的同意。另外，公寓原本就有很多部分是所有业主共同所有的，今后越来越多的公寓会遇到业主意见无法统一的难题。

负动产想要重建，必须符合以下两个条件：①地处车站附近等交通便利的位置；②可以增加楼层，能出售增建的房屋用作重建资金。现实中，不符合条件的公寓很难重建，而拆除公寓需要高昂的费用，腾出来土地又不一定能卖掉，所以这样的房子想拆掉也很难。

那么能指望子女继承吗？日本人的平均寿命超过 80 岁，子女继承遗产时也已经 50 来岁，一般都有自己的房子了。到那时，又老又破的公寓很可能根本卖不出去，但该交的费用却一分也不会少。日本的住宅总数已经超过了家庭户数，国土交通省 2013 年实施的调查显示，日本的房屋空置率为 14%，之后还在不断提高。野村综合研究所预测，到 2033 年，房屋空置率将会达到 30%。

上述负动产问题已经在地方城市逐渐显现出来，尤其是泡沫经济时期建造的度假公寓非常明显。在滑雪热潮盛行的年代，新潟县汤泽町建了一大批度假公寓，现在这些房子标价 10 万日元都无人问津，但所有人仍然必须按时缴纳物业费和固定资产税。最近甚至出现了一种新生意，专门瞄准这样的房主。他们当年随意买下或继承了房产，现在因为负担太重，情愿倒贴手续费也想把它脱手。

从 20 世纪 90 年代房屋大量上市，到现在过了 30 年，大概还要一段时间，这种情况才会成为社会问题。在此之前，我们必须认真考虑房地产的负担应该如何随着少子老龄化社会的发展而变化。

如今，在各种负动产问题当中，长租公寓也引起了人们的广泛关注。这个问题的根源在于优先住房供给的不均衡政策，因为根据日本的相关制度，没盖房子的闲置土地要缴纳更多的遗产税，而未还清的贷款则可以从继承财产中扣除，免缴遗产税。这些制度助长了不动产公司对长租公寓建设项目的销售，各地接连盖起了房主本来并不需要的公寓。而且直至今天，仍旧不断有人陷入“原野诈骗”[①]，花巨款买下毫无价值的土地。

综上所述，土地或房产沦为负动产的原因复杂多样。即使所有人已经不再需要，也很难轻易放弃。自 2017 年 8 月以来，本采访组以“负动产时代”为题，将现场采访到的关于负动产的各种案例在《朝日新闻》上做了连载。我们不仅针对不动产相关的现实敲响了警钟，还到国外进行采访，介绍了一些更为先进的对策和措施。

本书在上述连载报道的基础上做了大量增补和整理。带来问题的不是土地，是相关制度和人们的观念催生了“负动产”。因此，这个问题一定会有解决方法，希望本书能为此尽到微薄之力。

《朝日新闻》埼玉记者站　松浦新

---

① 指采用欺骗手段将原野等毫无价值的土地卖给别人的违法行为，于 20 世纪 60 年代至 80 年代期间在日本盛行，多采用报纸或杂志夹页广告等形式诱骗顾客。

目　录

埼玉市大宫区的空置房屋。都市的繁华地段为什么会出现这种现象?

第 1 章
被抛弃的房屋和土地

碍事的空屋

突然变窄的人行道之谜

“在大宫区的中心地段有一座神秘的空置房屋，一直无人打理。”

2017 年 5 月，我们听到这则消息之后便开始了采访。我们查找了空置房屋的登记簿，发现这块土地最后一次变更所有人是在 1897 年（明治 30 年），距今已有 120 多年，当时登记的所有人名字还是异体假名[①]，现在已经废止不用了，住址也是早已不复存在的地名。

---

① 日本在 1900 年修订了小学校令实施规则，改为统一采用现行的平假名字体，之前的一部分平假名字体被废止，现在只有在一些招牌、书法作品、地名或人名等极为有限的场合才能见到。

房子位于埼玉市 JR[1] 大宫站不远处，在周围的高层公寓和住宅的环绕之中，仿佛只有这一小块土地的时光停止了流逝，隔绝在喧嚣的日常气氛之外。

我们还没来得及打听到现任所有人是谁，太阳就下山了，转眼到了薄暮时分。我跟着同行的资深记者，走进了窄窄的巷子，里面有一家古色古香的小酒馆。我们与店老板闲聊了一会儿，顺便问了问那座空屋。没想到他告诉我们："啊，你说那栋房子啊，房主就住在后边的楼房里呢。"

刚才没注意后面还有楼房，我和同事互相看了一眼，赶紧结完账回到了原地。

"在这儿！"

我们白天明明把周围都转了一遍，却完全没发现这栋楼房。楼房的院子里种着很多树，看上去一直没有修剪，树枝已经长到了相邻公寓的二楼或三楼的墙边，显得周围尤为昏暗。夜已经很深了，在相邻公寓停车场的灯光照射下，老旧的楼房一副摇摇欲坠的样子。

我在心里暗想："简直就像一片废墟。"

楼房的外墙旧得发黑，搭在建筑物外侧的二楼走廊已经倾斜，看上去岌岌可危，仿佛再也经不起任何重负。不过有一个

① JR 是日本铁路公司（Japan Railways）的简称，其前身为日本国有铁道，于 1987 年实行民营化。

房间亮着灯，透过磨砂玻璃能看到屋里的些许灯光。

同事说："喂，真的有人住在这儿呢。"

住在这座楼房里的，可能就是登记簿里那位名字是异体假名的明治时代的名义所有人的后代吧。我们似乎找到了一个重要线索，终于能揭开谜底了。不过时间太晚了，我们离开了大宫，决定改日再来。

让人退避三舍的"垃圾通道"

五天之后，我们又来了一次，发现那座老旧的木结构二层楼房位于从道路往里再走一点的位置，到路口约有 20 米的距离。院落里堆满了形形色色的废品和垃圾：自行车、手电、木材、塑料油桶、安全帽……所有废品都堆在一起，形成了一道路障。我们走到近处，才从废品山里找到一条窄窄的小路，通向楼房。听说有人把院落堆满垃圾并不是因为喜欢收集垃圾，而是为了表示拒绝，说明他不想与别人打交道。

这可怎么办呢？我们站在入口进退两难。可是不进去就无法解开谜团，我们最终下定决心走进了院子。狭窄的通道并没有结满蜘蛛网，很明显这里平时有人走动。废品山在有些地方有成年人的肩膀那么高，沿着这条路一直往前走，就到了户外楼梯。在这儿能听到二楼传来的电视机的声音。

果然有人，我们小心翼翼地登上楼梯。生锈的台阶仿佛随时都会坍塌，让人胆战心惊，而且走到一半就到了尽头。再往上只有一架支开的铝合金人字梯。我们踩着梯子慢慢地爬到最上面，总算来到了二楼的平台。五天前的晚上亮着灯和现在传出电视机声音的都是最靠边的这个房间。房门是开着的，门外的走廊里杂乱地堆放着褪色的果汁包装箱和一些大碗等生活用品，几乎没有可以落脚的地方。看不见屋里的情形，我们大声打招呼："打扰了！"没有任何回应，我们又连喊了几遍"打扰了！"

住在繁华地带的老人

过了一会儿，一位老奶奶从房间里走了出来。

"请问挤到人行道上的那栋快坏了的空房子是您家的吗？"

反复问了几次，老奶奶才终于明白了我们的意思，回答说是的。

"我们想问问您那座房子的事儿。"

见我们还想追问下去，老奶奶很不高兴地反问："问了又能怎么样？"看来她不太想说这件事。

"您为什么……"

话还没说完便被老奶奶打断了："有些事儿说来话长，我不想说。不好意思了，您问我们也没用。”

从房间里传来一位老爷爷低沉的声音，我们打了招呼，却一直没见他出来。

之前是酒馆老板告诉我们挤占人行道的空屋的主人住在这里，据他说，这两位老人是姐弟，他们已经这样生活了几十年。住在大宫区繁华地段的这对姐弟为何会生活得如此窘迫？对那座挤占了人行道的空房子，他们为什么一直不闻不问？我们感到越来越困惑了。

始于明治时期的登记制度

从 JR 大宫站能坐上东北、上越和北陆这三条新干线，去地方城市非常方便，此外这里乘坐通勤列车还能直达东京站或新宿站，到东京市中心的交通也很便利，所以地价一直居高不下。在拥有 130 万人口的埼玉市中心，为什么会出现听任房子空着一直不管的情况呢。早在 1886 年（明治 19 年），日本就出台了不动产登记的相关法律，比《民法》的制定还要早。明治维新改变了之前的封建制度，人们开始自由地使用和买卖土地，急需证明土地的权利关系，于是就有了不动产登记制度。前文提到的姐弟两位老人居住的楼房所在的土地最后一次权利变更与此只隔了 11 年，而之后的 120 年再也没有变过。无论过去还是现在，遗产继承登记都不是强制的。如果几代人都没有办理过户登记手续，从子女、孙辈到曾孙辈，继承人就会越来越多。所有继承人都是土地的共有人，权利关系会变得十分复杂，到最后就无法确定到底是谁的土地了。

从 JR 大宫站出发，沿着旧中山道向南步行 10 分钟左右，就是姐弟俩现在住的楼房所在的位置。其实在这段路上的写字楼和高层公寓的间隙中，还有一栋房子也突兀地挤到了人行道上。这栋房子的最后一次过户登记是在 1966 年（昭和 41 年）。

再往前走，就到了紧挨着姐弟俩住着的楼房的那栋空房，这里的破损情况更为严重。房子被围在绿色的围栏里面，二楼的部分房顶和墙壁已经不知所踪，露出里面的木制骨架，窗户玻璃也都是碎的。一楼的房檐下面，杂乱地堆着不知哪来的自行车和塑料油桶，围栏周围还落着一些破碎的屋瓦，大概是上面掉下来的吧。

供盲人使用的黄色引导砖特意绕开了房子，人行道被挤得只剩下一米宽，成年人勉强能擦肩而过。对面走过来两位男士，其中一个人走在人行道上，而另一个人走的则是车道。早晚上下班和上下学时段，很多上班族和学生都要从这里经过（照片 1–1）。

照片 1–1　挤到人行道上的空置房屋，行人走到这里时会显得十分局促

附近的居民表示，“总是觉得有些害怕”，并补充说，“这里对过往行人和附近居民都很危险，真希望有人尽早想想办法。”

知情人告诉我们，当时的名义所有人去世之后，这栋房子一直没有办理继承过户手续，过了 120 年之后，法定继承人越来越多，光是知道的就有将近 60 人。听说相关调查取得了进展，可能又多了 30 来人。

附近的房屋中介告诉我们，“这块土地绝对能卖到上亿日元。现在只能眼看着空房子占据着这么繁华的地段，真是太可惜了。”不过共同继承人增加了这么多，就算想卖也难以达成一致，这种情况下，几乎就只能这样处于“僵尸”状态了。

用纳税人的钱装了围栏

我们再次采访了附近的居民，有一位九十多岁的老奶奶之前曾拒绝了我们，这次却主动告诉我们她也是拥有这栋房子所有权的继承人之一。不过她与住在楼房里的姐弟两人如今已经不再来往。

她说，“我结婚之前就住在那栋房子里。现在都是他们（指住在楼房里的姐弟俩）说了算。毕竟不是自己的孩子，我也没法督促他们的，你说对吧。”打开了话匣子之后，她又接着说道：“几十年前，我们亲戚之间还曾经商量过这件事。因为祖先留下来的土地，按说是应该有人好好继承下去的。”

在这个写字楼和公寓鳞次栉比的繁华地段，如果亲戚们达成一致，选出法律上的所有人，即使不卖掉土地，也完全可以把空房子重建成大楼，获得稳定的房租收入。是亲戚之间因为什么事儿产生了纠纷吗？老奶奶一直没有回答我们的疑问。

她最后无可奈何地说，“空房子挤占了马路，真是太不成样子了。可是我也没有那么多精力，实在是无能为力啊。”

据埼玉市政府介绍，从 2006 年起，他们陆续与相关的土地所有人协商，对人行道实施了扩建工程。8 年之后，扩建工程基本完成，但这块土地由于继承人太多，并且其中一部分亲戚不愿意配合，所以未能收购下来。2011 年，由于行人从这里经过时太危险，市政府花费 100 万日元将挤占人行道的空置房屋用围栏围了起来。

关于为什么要动用税收采取安全措施，工作人员解释说："按道理来说，所有人必须采取相应措施，确保行人安全，但这栋房子的所有人太多，靠协商根本解决不了问题。我们只能采取临时措施来优先照顾行人的安全。"

人行道扩建工程完成之后，旧中山道上的这两块土地由于没有市政府可以协商的正式所有人引起了人们的关注。像大宫的这两块地一样，如果不按规定办理继承过户手续，法定继承人数量在多年之后就会呈几何级数增长，最后陷入让人束手无策的"僵尸"状态。

在埼玉市内，因为没有办理继承过户手续而找不到所有人的土地并不罕见。在推进公共事业建设时，市政府为了找到人数众多的继承人，不得不做大量工作，人手不足也成了令人头疼的问题。

登记制度原本是为了保护人们的权利而产生的。然而我们采访时遇到的这对老年姐弟俩，却因为不能在登记簿上成为权利人，就无法享用自己从祖辈继承的资产。如果能理清错综复杂的权利关系，获得法律认可的所有人身份，他们一定会把空房子和现在居住的楼房都翻盖一新，作为房主过上截然不同的生活吧。不改变现在的情况，就无法改变姐弟俩的生活。此外，都市的繁华地段得不到充分利用，陷入“死地”的状态，也是经济上的损失。而且还会对周围居民和行人带来负面影响，使他们一直处于危险之中。在整个日本，找不到真正所有人的所有人不明土地越来越多。也可以说，这对老年姐弟俩是扭曲的制度的受害者。

所有人不明土地的面积比九州还要大

从子女到孙辈、曾孙辈的所有人数按几何级数增长，经过几代都没有办理继承过户手续的土地，最后就会变成想卖也卖不掉的“僵尸”土地。日本的一些有识人士成立了一个所有人不明土地问题研究会（由前总务大臣增田宽也担任主席），他们把名义所有人死亡后未办理继承过户，或由于地址变化无法找到名义所有人的土地定义为“所有人不明土地”，并估算出全日本找不到所有人的土地总面积在2016年已达约410万公顷，比整个九州岛还要大。

之所以会出现如此之多的所有人不明土地，人口减少导致城市郊区或地方城市土地资产贬值的影响不可忽视。即使资产价值再低，所有人也必须负担管理成本和固定资产税等支出，因此谁都不愿意去办理继承登记，最后就出现了土地或房产一直无人照管的情形。更有甚者，像大宫的事例一样，繁华地段的房产也有可能由于多年未办理过户登记，导致继承人数过多，最后陷入妨碍城市规划、令人束手无策的静止状态。

对将来还会增加多少所有人不明土地，所有人不明土地问题研究会也做了预测。他们认为，到 2040 年，所有人不明土地总面积将会增至 2016 年的近 1.8 倍，达到 720 万公顷，接近北海道的面积（图表 1–1）。这个问题不仅会导致森林逐渐荒废，就连城市的土地也将陷入交易停滞的状态。算上合理使用这些土地所能获得的收益，以及各地方政府调查所有人信息所耗费的人力成本等，经济损失在 2040 年预计会增至 3 100 亿日元，累计达到 6 万亿日元。

图表 1–1　所有人不明土地将来会不断增加

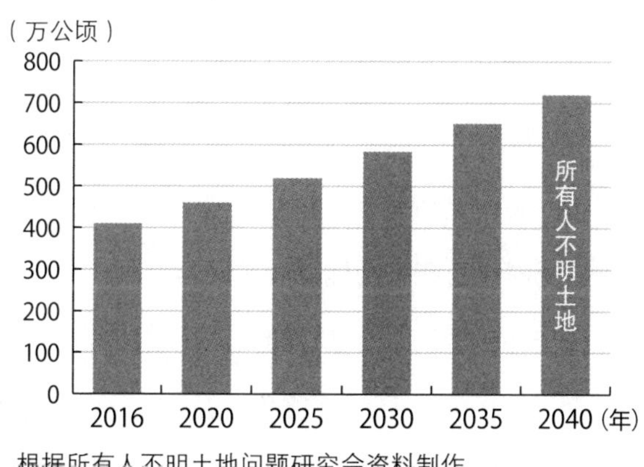

根据所有人不明土地问题研究会资料制作

来势凶猛的空置房屋问题

《特别措施法》效果有限

可能有的读者知道，针对空置房屋，日本专门制定了《关于促进解决空置房屋问题的特别措施法》。根据这项法律，对具有安全或卫生隐患的空置房屋，行政部门可以通过指导或劝告的形式，勒令所有人采取相应措施并承担费用。此外，被行政部门认定为“特定空置房屋”并收到整改通知的住宅用地，将无法继续享受固定资产税的优惠政策。建有住宅的土地原本是按照固定资产评估额的 1/6 征税的，没有这项优惠，固定资产税就会增至原来的好几倍。这项政策在 2015 年实施之初曾被寄予厚望，人们认为空置房屋问题将由此得到缓解。然而从国土交通省 2018 年 3 月底总结的情况来看，虽然政策已经实施了 3 年，但只有 34% 的市区町村设立了“空置房屋协商会”，以便商讨针对具体特定空置房屋的解决措施。452 个市区町村关于特定空置房屋的咨询和指导共有 1 万多件，不过其中只有 522 件最后通过劝告的方式取消了所有人的固定资产税优惠，而由行政机构拆除的只有 21 个地方的 23 件。

剥落的外墙

在距离神户市中心繁华地带三宫只有一千米远的地方，坐落着一栋部分外墙已经剥落的空置三层楼房。这个地区设有大阪燃气公司的燃气罐和很多小镇工厂，也有零散居住着一些居民。为了避免危及行人安全，空置房屋已经用牢固的网布整个围了起来，窗户和入口也都钉着木板，防止有人进到里面（照片 1–2）。

照片 1–2　神户市中心的繁华地带也有找不到所有人的土地和房屋

2016年10月的一天，住在附近的田村春笃先生（67岁）发现空置楼房的墙皮剥落，杂乱地掉在了路上。其中还有很大的混凝土块，砸到行人身上也许会致命。市政府接到举报后，将这座楼房认定为“特定空置房屋”，于同年11月花费约90万日元把它围了起来。这笔费用本应由所有人承担，但市政府只能根据条例代为支付因为这栋楼房在1971年（昭和46年）之后再也没有做过变更登记，已经不知道谁是目前的所有人了。登记簿上的名义所有人栏里写着一个外国人的名字。楼房的墙上至今还挂着写有“安保设施ASTI”①的招牌，不过上面的电话号码显然已经不可能打通了。

所有人不明土地和房屋对税收的影响

据附近居民介绍，过去这栋楼的一层曾作为办公室出租，二层住人，但不知从什么时候开始不再住人，然后就变成了人们随意丢弃垃圾的空屋。几年前，有一个陌生女人在一楼装了一台洗衣机，曾经在这里进进出出，不过后来她也不见了踪影。空房子还是中小学生的聚集地，有时会出现一些烟头。附近的田村先生回忆当时的情形说：“除了晚上很吵之外，我们还很担心有人不小心引发火灾。”

---

① ASTI是日本一家安装和销售防盗及安保设备的公司。

市政府的相关负责人告诉我们："我们也可以根据《空置房屋措施法》代为拆除，不过这栋楼房目前还没有倒塌等紧迫的危险，由市里用税收拆除的话，就不太可能找到所有人收回这笔费用了，所以对它很无奈。只有找到所有人，才能采取相应的措施，但现在的实际情况是暂时只能保持密切关注。"

与空置楼房相邻的是六甲五金制作所，社长平松和也先生很想买下这片地，给员工当停车场。但找不到所有人，这件事也就无从谈起了。

神户市的久元喜造市长说："只靠地方政府解决不了这种问题。日本应该把现行的自愿办理继承过户手续改为强制办理，还需要制定相关机制，允许地方政府通过简便易行的手续来管理和处置无主土地。今后的时代，我们必须充分利用这些数量庞大的空置房屋。"

日本的土地制度是以土地和房产永远不会失去资产价值的"土地神话"为前提制定的。当时没有考虑到会有人"抛弃"土地和房产的情况，所以现在即使是人们放弃继承的土地和房产，国家或地方政府也无法直接接收。无法处置的土地越来越多，意味着土地制度本身迎来了转折点。国土交通省关于土地问题实施的问卷调查显示，认为"土地和房产比与存款或股票更有利"的居民占 30.2%，比 20 年前减少了一半。土地和房产的资产价值下降，人们失去了花钱办理继承过户手续的动机，很容易出现一直拖着不办的情况。拖了几十年之后，继承人越来越多，再想继承或出售就更难了。这种情况的增加会妨碍灾害预防和城镇建设，半山区域[①]出现无人管理的地方，还会招致鸟兽灾害和森林功能的降低。

神户也需要“缩小战线”

在很多人的印象中，神户是一个充满异国情调的繁华都市，然而这里也未能幸免。过去由于住宅开发热潮一直扩张到山脚的郊区日渐萧条，无人管理的空置房屋给附近居民带来了很多麻烦。面对棘手的空置房屋问题，行政部门开始考虑将来要逐渐缩小过度扩张的城镇规模。

在市郊的山脚下，就有一栋无人管理的所有人不明房产（照片 1–3）。

楼房距离地铁长田站，乘坐公共汽车需要 10 分钟左右。这里在 1970 年之前是山林，变更为住宅用地之后才建起了分属于不同所有人的两栋楼房。市政府的相关负责人告诉我们，其中一栋楼房的所有人住在东京，但未能确认本人是否健在，

---

① 日本农林水产省将农业区域分为城镇区域、平地农业区域、中间农业区域和山间农业区域四种类型，此处的“半山区域”为中间农业区域和山间农业区域的统称，指从平原过渡到山地的区域。

照片 1–3　神户市郊无人管理的楼房（照片深处）。相邻的市有土地由于确定不了界限也一直无法出售

也没有找到继承人，而另一栋楼房据说是被放弃继承的。

这片土地与市有土地相邻，找不到所有人，土地界限就一直无法确定。神户市曾把这里作为堆放河流施工建材的场所，后来想出售时却由于无法确定界限而一直未能成功。另外，楼房的老化状况十分严重，外墙长满了杂草，几乎看不出来建筑物原来的形状。楼房外面通往房间的铁制楼梯也已经彻底腐烂，随时可能倒塌。

住在旁边房子的下平一郎先生（66 岁）诉苦道：“之前这栋楼房的屋瓦掉下来，把我家板岩屋顶的屋檐都砸坏了。房子上的苔藓也会飞到我们这边。我真害怕哪天遇到台风，刮大风或者地震时，它会倒塌过来。再说空房子还有被人纵火的危险，真是太叫人担心了。”

据久元市长介绍，过去伴随着人口的增加，神户市为了促进发展，又是挖山填海兴建新城区，又是修建工业用地。然而随着老龄化愈演愈烈，人口逐渐显现出减少趋势，当初开发到山脚或者山腰的区域现在已经无力继续拓宽又弯又窄的道路，空置房屋也变得越来越多。

因为空置房屋给周围带来危险，影响了居住环境，又导致更多的人选择搬走，最后社区机构也就无法运作了。如果垃圾站的管理以及路灯的维护等陷入瘫痪，整个地区就会越来越衰退了。

针对这种现状及将来的展望，久元市长说：“我们将从人口减少、社区功能衰退的地区开始，逐渐缩小城市规模。今后可能会采取相应措施，在车站附近等交通便利的区域修建公寓，让人们移住过去。”

根深蒂固的土地神话

“原野诈骗”带来的二次受害

从第二次世界大战结束后的经济高速增长期，到田中角荣首相提出的“列岛改造热潮”和之后的泡沫经济，日本的经济形势几经波折，但土地价格却几乎从未下降，只要一直持有就能不断增值。这种情况催生了“土地神话”，大家都十分憧憬能拥有土地。于是不断有人禁不住“有利可图”的诱惑，因投资土地、公寓和房产而损失惨重。土地神话就像亡灵一样阴魂不散。

从事原野诈骗的人编造出“这里正计划开发度假区”“这里以后会开通新干线”等谎话，欺骗人们以高出时价几十倍乃至上百倍的价格买下山林等原野土地。这种经济高速增长期的典型现象，如今又再次成为人们关注的焦点。从 20 世纪 60 年代开始，原野诈骗多通过广告夹页寻找目标，在 70 年代成为社会问题，日本各地都取缔了从事非法活动的不动产公司。之后情况貌似好转，但最近又陆续出现了一些采用新手法诈骗的案例。

《朝日新闻》开始连载负动产时代系列报道之后，我们收到了很多读者提供的信息，其中有不少都与原野诈骗相关。2017 年 8 月，有一位住在东京都大田区的女性公司职员（54 岁）给采访组发来一封邮件，她看到了 8 月 12 日的日刊上刊登的关于度假地房价下跌的报道，标题是“别墅用地以 10 万日元抛售，当初购价 1 300 万日元，只因维护费用不堪重负”。

她写道：“我想起了两年前的经历，还是觉得十分气愤和不甘，因此给你们写了这封邮件。我遇到了‘测量诈骗’（中略）为了防止老年人上这些暗地里作祟的骗子们的当，请你们一定把我的情况介绍给大家。”

大约在两年前，这位女士在照顾患有老年痴呆症的母亲时整理了家里的财产，得知已故的父亲曾经于 20 世纪 70 年代在枥木县日光市内买过一片约 500 平方米的山林，当时的价格是 265 万日元。父亲去世后，母亲把这笔继承财产过户到了自己名下，之后每年都为此缴纳 3 万日元的管理费和约 4 万日元的固定资产税。

母亲曾收到过很多不动产公司或测量公司寄来的信件和明信片。这位女士发现其中一张广告上写着“愿意出价 870 万日元收购土地”，便拨通了电话。

她到对方位于东京都内的公司签订买卖合同时，被告知“交易需要请本公司指定的测量公司去实地测量”。

她向测量公司交了 43 万日元的测量费，之后对方又进一步要求“还需要交 300 万日元的整地费用”。

女士起疑拒绝了这个要求，对方便以“未能从银行获得购买土地所需的贷款”为由，单方面撕毁了合同。

最后，她没能卖掉山林，也未能追回以测量费的名目交的 43 万日元。

发现受骗之后，女士开始收集这家公司的相关信息。她曾经直接找到该公司介绍的位于宇都宫市的测量公司和土地房屋调查员，以及当初销售土地的不动产公司等，调查他们有无违法行为。最后她发现，测量公司根本没有员工，而且母亲家里还曾经收到过其他名称的公司或团体发过来的多封直邮广告，貌似与骗了她的这家公司都是同一个人创办的。她咨询了律师，不过听说“打官司的费用与被骗走的金额差不多”，只好作罢。

这位女士十分后悔，她说“我想不趁着母亲健在时赶紧把土地处理掉，将来就会成为自己的负担，所以心里很着急，没想到竟被骗子钻了空子”。

不小心又买了一块地

“您的土地有使用计划吗？没有的话就让我们帮您卖出去吧？”

这是东京都足立区一位男性公司职员（53岁）的母亲（83岁）在2016年10月接到的一个电话，对方自称是横滨市内的不动产中介公司员工。

男士介绍说，他的父亲曾经在20世纪70年代初听信“这里已被列入首都迁移计划，将来一定会暴涨”的虚假宣传，花350万日元在栃木县那须町买了一块约170平方米的原野[①]。父亲过世后，母亲成了土地的名义所有人，她觉得“一文不值的土地如果真能多少换点钱就好了”，便委托上述中介帮助出售。几天后，一名男子登门造访，拿出好几份文件让母亲签字盖章，还说：“您这份土地必须先由我们掌管才能出售。作为抵押，我们也会拿出一块土地交给您掌管。不过我们的土地要更贵一些，所以您必须先补足差额，然后才能继续交易。”

他说差额是50万日元，信以为真的母亲便交了20万日元

① 日本的土地分为水田、旱田、住宅用地、山林、牧场、原野、墓地等共23个类别，其中住宅用地、山林、原野和其他这4种类型土地可以建造住宅。

作为定金。就这样，母亲不知不觉中又被迫买下了另一块原野土地。除此之外，她还被其他公司以同样手段欺骗过。男士与母亲一起报警，并向消费者中心等机构咨询，最后联合其他受害者起诉了这家公司，要求赔偿。

北海道带广市的横山睦夫先生（64 岁）也是骗子们的目标之一。

20 世纪 70 年代中期，他被“这里将来会开发住宅区”的广告所骗，通过不动产公司以 120 万日元的价格在音更町买下了约 670 平方米原野。横山先生毕业后，在大型乳制品制造公司工作，一直住在东京都内。他只看了广告，未到实地确认，便立即与位于新宿区的不动产公司联系，决定买下这里作为住宅用地。那还是刚参加工作的人每个月大概只能拿到七八万日元工资的时代。横山先生通过金融公司办理了贷款。

“当时不管是什么样的地，都不可能有人想到会有贬值的这一天。我想着可以留给孩子继承，或者运气好的话高价转卖出去也行。”

横山先生带着我们去看了他的地，从这里开车到音更町的中心地段需要约 15 分钟。穿过广袤的农田，土豆菜地的角落里有一片无人打理的山林，再往前的拐角处就是横山先生当年买下的土地。不用说，这里肯定既不通电，也没有水（照片 1–4）。

照片 1–4　20 世纪 70 年代，听信这里将开发成住宅区，横山先生花 120 万日元买下的 670 平方米原野

横山先生之前经常接到电话声称要收购这片土地，都觉得蹊跷而未加理睬。如今，他已经还清了贷款，但当初发放贷款的金融公司已经不知所踪，所以房子的抵押还未解除。

“就此拖下去的话，早晚有一天这片地也会成为所有人不明土地，到时就给社会添麻烦了。我也不想把原野留给孩子，心里很着急，但现在有没什么办法。”

不想留下“负遗产”

根据国民生活中心的统计，与原野诈骗二次危害相关的咨询近年来呈增加趋势，2017 年共有 1 698 件（图表 1–2）。70 岁以上的老人在受害者中占了七成。

图表 1-2　与原野诈骗的二次受害相关的咨询呈增加趋势

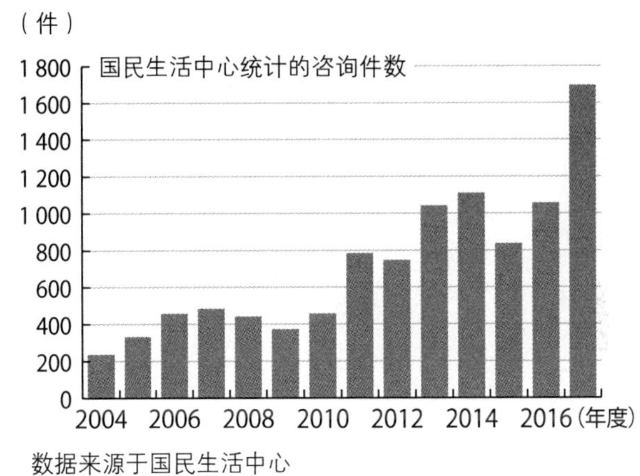

数据来源于国民生活中心

国民生活中心分析：“老年人都不想给子女或孙辈留下‘负遗产’，因此更容易被骗。骗子会反复试探劝诱，一定不要听信他们的兜售，最好先询问家人或相关专家的意见。”

骗子之间常会共享原野诈骗受害者的名单，或者从土地登记簿上找到当年的受害者，从中选定目标。专家指出，虽然也有一些骗子公司被取缔，但现在发现的还只是“冰山一角”。

大迫惠美子律师专门处理消费者问题，她提醒大家：“有一些骗子公司每隔两三年就会换一个名字，反复实施诈骗行为。消费者受骗一次之后，往往还会成为其他公司的目标。所以不要听信‘能卖上高价’的话术，发现有不对的地方，一定要马上向专家咨询。”

公寓陷阱

长满藤蔓的公寓

不远的将来，城市里的公寓会面临越来越严重的问题。国土交通省的数据显示，截至 2017 年年底，全日本共有 644 万套分售公寓（含未出售的库存）。公寓居住人口为 1 533 万人，相当于总人口的 10%。其中房龄超过 40 年的公寓有 73 万套，到 2027 年，这个数字预计会增至 2.5 倍，达到 185 万套（图表 1–3）。

无论是房产，还是所有人，都在走向老龄化。所有人年纪越大，就越缺乏动力去重建或拆除房屋出售土地。实际上，2018 年 4 月 1 日时点，全日本只有 237 栋（约 1.9 万套）公寓完成了重建工程。因为住户的年龄和收入水平各不相同，很难

图表 1–3　逐年增加的老旧公寓

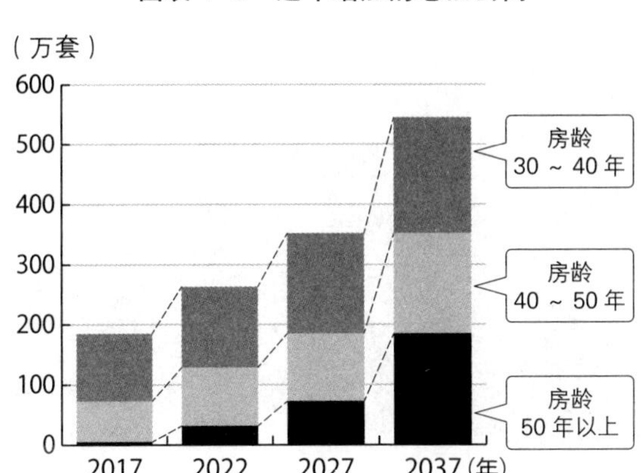

数据摘自国土交通省资料。2022 年以后数值为预测值

达成一致意见。多家住户共同所有的公寓由于所有形态特殊，除了耐震强度不够或因大规模灾害受损的情况以外，必须经所有人一致同意，才能拆除房屋出售土地。住户很难取得共识，由于这个规定，有时只因为一个人反对，整栋公寓就会陷入无法拆除的境地。

在埼玉县的郊区，有一栋爬满了藤蔓的公寓笼罩在诡异的气氛之中。老旧的公寓早已无人居住，也没有任何管理。虽然这栋建筑随时可能倒塌，已经处于危及行人或车辆安全的状态，但出于一些原因仍旧无法拆除（照片 1–5）。

这里是东京的睡城，乘坐电车 45 分钟左右便能到达中心地段。这栋外观十分奇怪的三层公寓位于埼玉县坂户市内的一条公路旁，房龄已有 40 年。整个建筑物的大部分区域都覆盖

照片 1–5　由于一位业主反对而迟迟未能拆除的老旧公寓

在藤蔓之下，外墙因污渍变得发黑。公寓楼下的院落中随意地扔着几张略带粉色的沙发。附近的自行车棚上张贴的纸上写着“有监控！请勿违法丢弃垃圾！违者报警！”，不过附近似乎并没有安装摄像头。朝向道路的公寓正面不仅爬满了藤蔓，地上也长着茂盛的树木。无人修剪的树枝伸到了车来车往的路上，投下一大片阴影。

通往公寓二层和三层的楼梯已经锈成了褐色，上面的通道一直连接到每个房间的入口，但有些房间的门上也已经长满了藤蔓。通道的地面堆积着落叶，此外还有灭火器和只剩下骨架和手柄的雨伞悲惨地丢在地上。整栋楼没有一丝生机，即使是大白天，通道的光线也十分昏暗（照片 1–6）。

在这栋长满了藤蔓的老旧公寓对面，有一家气氛温馨的家庭餐厅，店长皱着眉头说道：“唉，对面这种景象真是不太适合顾客们享受美味的饭菜！”他告诉我们：“不知为什么，每天一到晚上，三楼就有一个房间会亮着灯，可能有人住在里面吧。”

照片 1–6　死气沉沉的公寓，连房间的入口都爬满了藤蔓

独自住在废弃楼房里的人

我们等到晚上，再次来到这里，果然三楼有一个房间的窗户露出了灯光。不用说，其他房间当然是一片漆黑。既然有人住在这里，也许能跟他打听到什么，我们虽然心里有些发毛，但还是决定前去看个究竟。我们按了门铃，但门铃好像坏了，没有声音。接下来只好敲门，我们在门口喊了几遍：“对不起，打扰了！”，却没有听到任何回音。

不动产登记簿上的记录显示，这栋公寓建于 1976 年，每层各有 4 套房子，一共是 12 套。现在被树木遮挡，几乎什么都看不见的一层过去是底商。恩田不动产公司的恩田义雄社长是一层 4 套房的所有人，他告诉我们：“我们想把这栋楼拆掉，但是有人反对，一直拆不了。”

恩田社长介绍说，从大约 10 年前起，这栋分售公寓就没有人住了。公寓在分售当初好像也没有成立正式的业主委员会，一直是由租用一楼底商经营酒吧的店主负责收取物业费和管理的。但是那位店主去世之后，这里已经有 20 多年无人管理，也没做过任何修缮了。2010 年前后，收到有关机构的提醒之后，业主们开始商议如何处理这栋公寓。

大家商量着希望能拆掉房子卖地，但因为有一个人反对就搁浅了。重建分售公寓需要 4/5 以上的业主同意，而要拆除建筑物出售土地的话，按照《民法》的规定，原则上必须获得所有业主的同意。

我们后来得知，反对拆掉公寓的是一位男士（65 岁），他虽然住在别处，不过现在仍用这里的一套房当作办公室。我们白天找到他的房间，他在门口接受了采访。据这位男士说，房间里可以用电，但自来水和煤气都已经停了。他需要上厕所或洗手时，都是用自己从家里带过来的装在瓶子里的水凑合。这里的屋顶是漏雨的，所以遇到连阴雨，有时地板就会泡在水里。他说有一段时间还曾经有陌生人在这栋公寓的空屋子里住过。

这位男士在 1988 年买下这套房子，当时就已经没有人收取物业费和维修基金了。他隐约记得买房的几年之后，整个公寓曾经重新粉刷过，那之后就再也没有做过任何修缮。一层的底商曾经开过小饭馆和宠物美容店等，不过后来都陆续搬离，最后曾经只剩下过一家电话俱乐部。

我们问他为什么反对拆除公寓，这位自称是平面设计师的男士回答说："如果我的工作能赚到很多钱的话，我当然也可以搬走。不过现在我好不容易还清了贷款，就相当于可以免费使用这个房子。从这搬出去，我还得找新的办公室，那当然是要花钱的。再说工作用的东西也很多，我还是想尽量在这里工作。"

拆除需要 1 000 万日元

据另一位男业主介绍，拆除公寓需要 1 000 万日元以上的费用。不过房屋拆除之后，土地有可能卖到近 3 000 万日元，每套房子能分到约一百几十万日元，不过这仍旧无法说服持反对意见的业主，他显得一筹莫展："如果建筑物的某些部分剥落，导致行人受伤，所有人必须承担赔偿责任。相关部门也提出了警告，我们实在不想再拖下去了，可是现在又没法拆。"

要拆除公寓出售土地，必须经过所有业主同意，不过也有例外。"3 · 11" 东日本大地震之后，政府规定，对完全损坏以及受灾比较严重的公寓，只要有 4/5 以上的业主同意，就可以拆除和出售。对被认定为耐震强度不够的公寓，规定也同样有所放宽，不过需要事先确定买方及成交价格。

日本公寓学会会长、早稻田大学法律系研究生院教授镰野邦树指出："日本应该设立相应机制，允许普通公寓也能由业主按照少数服从多数原则拆除和出售。不过这种机制也是只有在土地售价高于拆除成本时才有可行性。有一些公寓的老年业主比较多，可能他们更希望能维持现状。公寓相当于一种命运共同体，没有根本上的解决方法。"

不过为什么每天晚上，这栋公寓就会有一个房间亮着灯呢？我们询问了之前介绍拆除公寓需要多少费用的那位男士，他说"可能是流浪者随便搬进来住的吧"，并表示会去查看一下。最后他确认的结果是房间里并没有住人，不过不知道为什么还通着电，无论白天还是晚上灯都是一直亮着的。那套房子应该有一段时间没人住了，真不可思议。

* * *

这件事还有后文。2018 年 11 月，之前反对拆除公寓的男士终于搬了出去。其他房间的所有人向简易法院[①]申请调解，

① 简易法院指日本负责迅速、简便地处理日常生活中的轻微民事及刑事纠纷的法院。

要求他搬出公寓，最后双方达成和解，其他业主支付 150 万日元买下了这位男士的房子。

男士解释说，“我买下这套房子已经过了 30 年。明年[①]开始，日本将告别平成年代，我觉得也可以就此告一段落了。我现在已经可以领到一些养老金，平面设计的工作只要能细水长流地继续下去就行了。我把还能用的东西都搬回了自己家，其他的都扔掉了。”

公寓的问题已经严重到了必须由所有人花钱去积极行动才能解决的程度。但这种依靠个人力量的解决方法可以说只是特例。

从反对者手里买下房子的所有人告诉我们：“说到底，大家都认为总会有人来解决问题，一直在依靠别人。最终总得有人做出牺牲，否则问题就不可能解决。如果拆除公寓之后，卖掉土地能分到 150 万日元还好，要是拆除费太贵，我可能就没法收回这笔钱了。不过公寓已经旧到了极限，就算有风险，也只能这么做了。”

业主委员会的担心

与独户住宅不同，公寓由全体业主共同拥有，这种所有形

---

① 此处指 2019 年。

态并不是只有到了拆除或重建等“晚期”才会出现问题。公寓自建成之日起，每隔15年左右就需要大规模修缮，还有外墙及走廊等的小规模修缮，这些都需要由业主组成的业主委员会组织实施。

为此，公寓的业主每个月都要交纳物业费和维修基金。如果有一位业主去世，而他的家人放弃继承这套房子的话，欠缴的物业费等就会越积越多，最后导致其他业主的负担加重。

在距离神奈川县座间市的私营电车站步行7分钟远的住宅区里，有一栋三层公寓（共29套房子）。2017年6月，这里发现了一位孤独死的八十多岁的老奶奶。物业公司的相关人员在巡回检查时，注意到老奶奶房门前的花枯萎了，之后确认才发现老人已经过世。

老奶奶没有子女，业主委员会通知了亲戚。亲戚最初积极地表示“会继承这套房产，请再等等”，但两个月之后，却又告知“已经放弃了继承，以后跟我没有任何关系”。据说是亲戚发现老人生前还有债务，所以改为放弃继承的。

老奶奶去世时，就已经拖欠了合计57万日元的物业费和维修基金没交。老人较长时间未交费时，物业公司曾经催缴过，她虽然在这之后的几个月按时交费，但之后的几年都一直没交。在确定下一任所有人之前，欠费金额还将一直累计下去。

对于继承人放弃继承的房产，债权人可以向法院申请选派“继承财产管理人”，由继承财产管理人用出售房产得到的钱支付未缴费用和未还清的贷款等，如果还有剩余则上交国库。

不过前文说的这套房产却因为一些原因无法这么简单地解决问题。

它所在的公寓房龄已有 30 年，所有房子都是开间。这种户型当初作为“投资型公寓”销售，买主一般都是租出去换取房租，而不会自己居住。最开始的几年，这里作为高档社区，几乎所有房子都有租客，但现在房租已经降到了原来的若干分之一，最近几年，甚至有一些享受低保的人也住了进来。在这些住户当中，只有孤独离世的老奶奶是唯一一位住在这里的房主。

30 年前，日本还处于泡沫经济时期。据说这里每套房子的最初售价是 1 900 万日元左右。然而现在，据附近的不动产中介公司人员介绍，“能卖到 150 万日元以上就谢天谢地了。像这种有人在房间里过世的‘凶宅’，卖不到 100 万日元也不足为怪。”

另一方面，业主委员会要申请选派继承财产管理人，必须先向法院交纳近 100 万日元的预付金充当选派手续费等。所以这套房子即使能卖出去，恐怕也无法收回物业费等欠缴费用。

按照法律规定，新任所有人必须承担欠缴费用。得知 100

万日元左右的房子还要补交近 60 万日元欠缴费用的话，买方很可能就不买了。

公寓业主委员会的负责人最后想出的办法是，只能支付预付金，找继承财产管理人把房子卖掉，然后将过去累计的欠费作为“亏损”来处理。这里 4 年前刚刚进行了大规模修缮，维修基金现在只有 340 万日元。由于公寓是泡沫经济时期盖的，配备了很多现在相同档次的开间公寓根本不会考虑的公共设施，修缮费的花销也很大。这位负责人无奈地说：“每套房子的月租金只有 2 万日元左右，不可能再提高维修基金，以后只能放弃定期的修缮施工了。”

如果一栋公寓的欠费比较多，那么即使是一直按时缴费的房子也很难找到买家，所以售价往往会下降。一套房产变成“负动产”，就有可能影响到其他人。一位业主叹息：“我当时看这里房价没那么高，房租又比较贵，因为收益率高才买下来投资的，没想到却碰到了这种意想不到的难题。现在留着房子就必须负担修缮费用，可要卖出去恐怕就得赔钱。是该留下还是该卖掉，真让人头疼啊。”

资产贬值的风险

横滨市户塚区有一栋房龄 34 年的公寓，这里的 56 套房都是供家庭居住的户型，也正面临着放弃继承带来的苦恼。

2016 年 10 月，一位独自居住在这里的 86 岁老奶奶离世了。她没有子女，具有继承资格的 13 位亲戚全部表示放弃继承。仅仅是确认所有亲戚都放弃继承，就耗费了 10 个月的时间。

老奶奶生前没有拖欠费用，但她去世之后，每个月都会有合计 2.3 万日元的物业费和维修基金欠费不断累积下去。

这个案例背后也有一些特殊情况。老奶奶曾经用这套房子办理过抵押贷款，因此即便选派继承财产管理人，能将房产卖出去，也要从中扣除预付金和未还清的贷款。参考相邻房产最近的价位，房款有可能还不够预付金和剩余贷款的合计金额。所以如果售价比较低的话，就必须由买家偿还欠费了。

债权人有权申请选派继承财产管理人，未能按时收到物业费和维修基金的业主委员会也属于债权人之一。不过房产售出后，必须先偿还以房产为抵押贷款给老奶奶的债权人，业主委员会排在第 2 顺位。考虑到要交将近 100 万日元的预付金，却未必能收回欠费，业主委员会最终没有申请选派继承遗产管理人。

业主委员会的负责人（84 岁）十分焦急，“我们确认老人的 13 位亲戚全都放弃继承之后，到 2018 年 10 月已经又过了一年多的时间。可排在第 1 顺位的债权人完全没有申请选派继承财产管理人的动向，我希望他们早点行动起来，这样拖着不办真让人无奈。”

这个业主委员会的基金比较充足，即使有一套房子被放弃继承，也还不至于马上带来很大问题。该负责人称：“现在只能等待房子找到下一任所有人，在那之前，我们连开窗通风都不敢。因为这样会加快房子老化，担心害得整栋公寓都跟着贬值。”此外，这位负责人还曾经听到其他老年人家庭表示：“我们的孩子已经住到别的公寓，独立经营自己的生活了。考虑到这套房子剩下的贷款，恐怕他们也会放弃继承。”这也让他担心今后会有越来越多的房产被放弃继承。

买房时就要考虑“善后”

日本大量出现公寓这种居住形式是在20世纪50年代。随着建筑物逐渐老旧，再加上业主步入老龄，管理不善的房产也开始多了起来。预计10年乃至20年后，这种“濒危公寓”恐怕会急剧增加。

针对这种情况，一般来说有三种解决办法，但哪一种都不那么容易。

第一种是有计划地实施大规模修缮，延长房屋的使用寿命。不过很多公寓都由于早期的资金规划过于乐观，导致没有足够的费用进行第 2 次及之后的修缮。

第二个办法是重建公寓。这个办法需要获得 4/5 以上的业主同意，此外建筑物的容积率也必须有增加空间，能够通过重建盖出更多房子，否则业主的负担过重，无法筹到足够的费用。总的来说，如果公寓所处地段不够好，增建的房子卖不出去的话，恐怕很难考虑重建。

第三个办法是拆除建筑物，出售土地。除了因自然灾害损坏的建筑或耐震强度不够的房屋之外，这个办法必须经过全体业主的一致同意，因此也很难实现。说到底，无论哪种方法，最后都会归结到“费用由谁来负担”的问题。

对此，专门研究公寓问题的富士通总研首席研究员米山秀隆先生指出，解决这个问题的方法之一是，在购买公寓时就设立拆除基金。他说：“今后的时代，谁都不能保证子女会继承自己的房产，或者将来会有人愿意买下它。按照一般房屋的面积来说，一居室公寓或者一栋独户住宅的拆除费用约为 200 万日元。在人口减少时代，买房的人必须把房屋的善后问题也考虑周全。”

同时，他还指出，与独户住宅相比，放弃继承的公寓要更难处理，“目前来看，只能找继承遗产管理人来处理，尽管这要花费许多时间和金钱。”

在汤泽町，由于长期居住者增多，且以老年人居多，超市每天下午会发出环绕各度假公寓运行的班车

第2章

度假公寓启示录

忙于追讨欠费的业主委员会

人口减少和老龄化的领跑地区

泡沫经济时期，原田知世 1987 年主演的电影《雪岭之旅》在日本掀起了滑雪热，汤泽町[①] 接连盖起了一栋栋度假公寓。根据汤泽町的统计数据，这一时期共建了 58 栋 15 000 套公寓，约为镇上 3 800 户居民（2018 年 9 月）的 4 倍。不动产信息公司 TOKYO KANTEI 的数据显示，全日本的度假公寓总计约为 8 万套，其中近两成都在这里。虽然 1993 年之后没有再建，但度假公寓的价格还是在持续下跌。

对于不再来这里滑雪的人来说，度假公寓已经成了需要不

① 汤泽町隶属于日本新潟县南鱼沼郡，也称越后汤泽，是川端康成小说《雪国》所描写的故事的发生地。汤泽町周围有很多滑雪场，是日本的著名别墅区，在泡沫经济时期成为度假地开发的典型，曾被揶揄为“东京都汤泽町”。

断缴纳固定资产税和物业费的“负动产”。人们一般只会在周末或节假日来休闲游玩，所以这里业主之间的关系比城市的公寓还要疏远。出于保护个人隐私等原因，有的业主委员会甚至都没有业主名单。催缴物业费也需要成本，因此这种公寓的欠费往往更容易被长期搁置。然而，少子化等因素导致住户越来越少，度假公寓也逐渐开始面临与普通公寓同样的问题。如今的现实情况是，度假公寓已经不能再看作“特殊情况”了。

这里的老龄化程度也越来越严重。在汤泽町，每天下午1点半都会有班车沿着各度假公寓组成的路线运行。班车以1931年（昭和6年）开业的老字号滑雪场岩原滑雪场附近的公寓为起点，沿途依次经过附近各公寓的入口，接上等候在那里的人们。约20分钟之后，他们就会到达目的地，即位于JR越后汤泽站北1千米处的当地超市——“NOGUCHI HEARTS商店”。十来名乘客下车以后，班车还将继续开往下一条路线。把4条路线全部转完，需要将近1个小时，此时班车再拉上买完东西的岩原滑雪场附近的乘客，把他们送回去。

坐班车的不是来滑雪的游客，而是因为年纪太大而被收回了驾驶证的老人们。长期住在这边的人越来越多，所以班车在一年期间都能拉到乘客。NOGUCHI HEARTS商店除了周三和周六之外，每周会有五天发出班车，不过由于积雪太深，开往苗场滑雪场的路线会在冬天停运。

有一位公寓业主委员会负责人也是退休后来这边长期居住的，他告诉我们："住户只要按期缴纳物业费，就可以使用度假公寓里的温泉大浴场，此外公寓还有宽敞的公共空间供人们使用，所以住在这里的水电费开支其实很小。住独户住宅的话，必须定期清除屋顶的积雪，非常辛苦，所以也有些当地人搬过来住。不过这里的住户中，有些人由于健康状态不佳已经处于需要护理的状态了，过去也曾经发生过孤独死的情况。有的人不跟别人来往，所以我们还要考虑，万一有人去世了，怎么样才能尽早发现。"（照片 2–1）

照片 2–1　位于汤泽町某栋度假公寓顶层的全景大浴场

“实地勘查报告”揭示的真相

泡沫经济时期，度假公寓是有钱人的身份象征。然而泡沫经济崩溃之后，人们纷纷抛售房产，导致度假公寓的价格大跌。现在，由于所有人不再来这边度假，收不到物业费的房子多了起来，还出现了一些通过拍卖被法院强制性卖掉的房产。拍卖是发放住宅贷款的银行等金融机构卖掉抵押房产的最后手段，要在指定期限内举行竞拍。被拍卖房屋的详细信息会展示给竞买人。

公示内容中，除了房产所处位置和概况之外，还包括评估员到实地看房之后出具的“实地勘查报告”。这份文件会在网上公示，任何人都能看到。普通房产交易时，有意购买的人可以请不动产中介带看房屋的内部，拍卖做不到这一点，所以房子内部的照片也会公示。

新潟地方法院长冈支部负责汤泽町的度假公寓，某套正在拍卖的度假公寓的报告描述了房屋内部的情况：“供电和供水已被切断，房间里还挂着 2006 年 2 月的挂历，可见这里已经有很长时间无人居住”“二楼客厅屋顶有破损”。

这套房子位于一栋建于 1989 年的公寓里，是 11 层和 12 层的复式户型，面积共 78 平方米。报告中所说的“二楼”指 12 层的部分。从房屋内部的照片上可以看到，厨房里随意摆放着炊具和调料等，房间中央的椅子上还堆着套好被罩的被子。评估员把房主使用这套房子时的最后情景原封不动地照了下来。

与此形成了鲜明对比的是供住户共同使用的部分照上有很多度假公寓特有的豪华公共设施：宽敞舒适的大浴场、配有按摩浴缸的水疗养生馆、温水泳池及健身房等一应俱全，图书室里也摆着很多图书。

忙于“止血”的业主委员会

在这套房子的不动产登记簿上，有一条日期是 2007 年 11 月的记录，名义所有人由原来的“×××”被变更为“已故×××的待继承财产”，变更理由为“没有继承人”，表示所有人在这一天亡故，但由于没有继承人，因此房产被登记为故人的财产。这条记录其实是公寓的业主委员会在 2014 年申请拍卖手续时补办的，因为如果一直是故人名义的话，房产是无法拍卖的。

法院的报告显示，截至勘查时点，这套房产共欠费约 589 万日元。业主委员会应该是因为所有人去世之后，欠费越积越多，无奈之下才申请拍卖的。此外，汤泽町也需要追回被拖欠的税款。这套房产即使能拍卖出去，也会像后文介绍的，只能得到很少价款，由于要优先抵缴税款，所以根本不会有剩余。对业主委员会来说，这种拍卖与其说是为了出售房产，不如说对不断增加的欠费进行“止血”的意义要更大一些。

竞买成功的人不必偿还剩余的住宅贷款，但必须清偿这套公寓拖欠的物业费等。因为不这样的话，欠费就会成为其他业主的负担。对竞买人来说，这就相当于要支付跟自己没有任何关系的欠费，因此公寓的评估额会设定为扣除欠费之后的金额。

这套房子的评估报告中写道：“2008 年世界金融危机之后，经济形势持续恶化，导致公寓价格下跌，直到日本‘3·11’大地震之后，这一倾向仍在继续。从汤泽町整体来看，（公寓）供大于求，低价房产也很多。”

法院定价“1 万日元”

基于上述判断，这套房产的评估额是 75 万日元左右，每平方米约合 9 600 日元。不过这是在没有欠费的情况下，考虑到买方必须清偿前文说的 589 万日元欠费，这个价格肯定卖不出去。实际上，房子的价格是负的，但拍卖总不能向买方付钱。因此，法院最终确定的底价是 1 万日元。这在财务上叫作“备忘价格”，表示不能否认这个房产的存在，所以给它标定了一个象征性的价格。这样一来，这套房子的每平方米价格就一下暴跌为 128 日元。无论多么豪华的公寓，在欠费太多的情况下都是“1 万日元”，换算到每平方米的话，自然就只有 100 到 200 日元。

最近拍卖的几乎都是欠费过多，定价 1 万日元的房产。偶尔也会有一些欠费较少的房产，虽然价格高于 1 万日元，但在清偿欠费之后仍旧具有价值，所以这样的房子反而更抢手。

2017 年 1 月到 2018 年 10 月期间，汤泽町拍卖的房产当中，价位最高的是 2018 年 4 月成功的一套 37 平方米的房子，价格是 120.5 万日元，平均每平方米约 3.3 万日元。其主要原因是欠费时间比较短，只有 1 年 5 个月，欠费金额也只有不到 50 万日元。此外，这套房产所在的公寓建于 1993 年，在汤泽町属于比较新的，法院的评估报告中也写有“公寓的公用设施（温泉大浴场、游泳池和娱乐设施等）十分完备，所以比较受欢迎”等。确实，在这套房子的实地勘查报告的照片上，能看到游泳池里还装着孩子们最喜欢的大滑梯。

房产本身的评估额为 229 万日元，不过拍卖价要按 60% 计算，再加上有欠费等因素，最后确定的竞拍底价是 70 万日元。两个买家参加了竞拍，其中一人最终以 120.5 万日元竞买成功。业主委员会要求买方负担报告中提到的前任业主留下的约 50 万日元欠费和法院勘查到竞买成功为止的物业费等，因此买方最后交付的金额约为 200 万日元左右。

不过能卖到这个价位的房产实属少见，汤泽町度假公寓的实际情况是，每平方米几千日元的价格也会显得很贵。

有一套度假公寓的评估报告这样介绍整体情况：“到汤泽町的滑雪场游玩的游客人数在 1992 年度达到峰值 818 万人，之后连年大幅减少，2015 年度约为 246 万人。2011 年之后虽有回升的趋势，但仍徘徊在 250 万人上下。年轻人的休闲方式日趋多样，（游客人数）今后也难以实现大规模回升。”

还有的房产的报告中写道：“虽然这里距离新干线和高速公路较近，各方面条件都很好，但滑雪热潮退去已久，公寓的利用率持续低迷，如今这里飘荡着挥之不去的寂寥氛围”，字里行间流露出难以掩饰的失落。

就这样，度假公寓的价格一路下跌。不动产拍卖流通协会（位于东京都港区，青山一宏任法人代表）的数据库统计了日本各地法院在互联网上公布的法拍房信息，发现在 2010 年度，汤泽町拍卖的公寓平均成交价为全国均价的 8.8%，为（每平方米）1.2 万日元，在 2017 年则跌至 3.3%，仅有 3 612 日元（图表 2–1）。

这里顺便介绍一下，全日本的公寓平均价格在 2015 年曾一度上涨到每平方米 15 万日元，但 2016 年度又跌至约 11.6

图表 2-1　汤泽町与全日本公寓拍卖成交价的差距

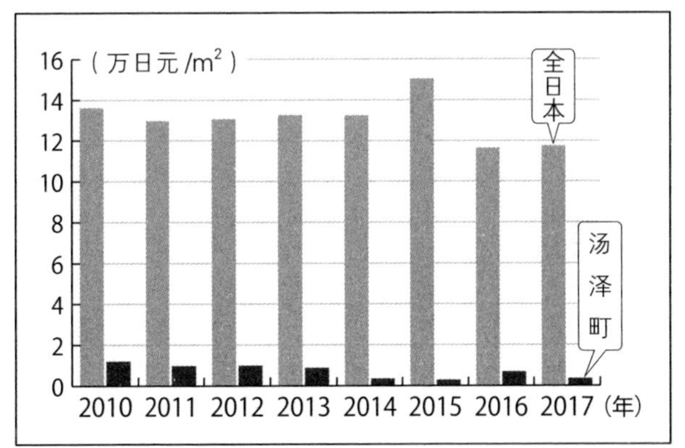

该数据由不动产拍卖流通协会整理

万日元，主要是 2015 年 10 月曝光的公寓桩基工程数据造假问题①导致公寓销售下滑带来的影响。

① 2014 年 11 月，日本横滨市一栋 2006 年销售的大型公寓出现倾斜，后经调查发现，承建该栋建筑的旭化成建材公司在施工过程中伪造了相关数据。该公司于过去 10 年期间在日本各地承建了数千栋建筑，其中约 300 栋可能存在桩基数据造假问题。这一事件于 2015 年 10 月曝光。

多次拍卖的房产

当宗教团体成为新房主

房价跌到这个程度，引来了一些不同于以往业主的人。汤泽町的某栋度假别墅中，有两套房产分别在 2016 年 3 月和 4 月被冲绳县的某个宗教团体买了下来。这两套房都是最高层的复式户型，泡沫经济时期拥有“亿（日）元别墅”之称。3 月份，在法院开始拍卖的第二天，该宗教团体便通过不动产中介公司竞拍买下。到了 4 月份，与之相邻的房子也被法院拍卖，同一个宗教团体又以 33 万日元的价格买了下来。房产从开始拍卖到实际成交一般需要近一年的时间。4 月份卖出去的这套房产是前一年 5 月开始拍卖，比相邻的房子晚了一个月左右，碰巧相邻的两套房接连都落入同一个宗教团体的手里。

竞拍资料显示，4 月份成交的房子拖欠的物业费高达约 2 800 万日元。竞买成功之后，宗教团体并未按规定清偿欠费，而且他们入住之后，两套房又都开始拖欠物业费了。而且常有带着文身的年轻人出入这里，还去使用公共大浴场。管理人员提醒文身者禁止使用浴池，却没有任何效果。

4 月份成交的房子是在 1989 年泡沫经济全盛期由东京的一家公司买下来的，该公司现已破产。在泡沫经济崩溃之后的 1994 年，银行曾经以这套房子、该公司在汤泽町的另一套度假公寓和在山梨县山中湖村的度假公寓共三套房为抵押，设定了上限为 5 亿日元的贷款额度，说明这些房产当时的评估额还要更高。然而 2014 年，位于山中湖村的房产也通过拍卖售出，各地的度假别墅都被低价处理了出去。

某栋度假别墅的业主委员会负责人担忧地告诉我们："公寓贬值，就会有各种各样的人住进来。能确定是黑社会的话，我们可以请警察配合，根据《暴力团对策法》把他们赶走。难办的是'灰色团伙'[①]这些人，我很担心会引起原有业主的反感。公寓的业主委员会掌管着上亿日元的维修基金，如果他们作为业主当上委员，一旦合法地操纵业主委员会，为所欲为，那可就糟了。"

---

① 指不属于黑社会组织，但却从事某些违法犯罪活动的团伙。

宗教团体买下这两套房产所在公寓的业主委员会也在奋力反击。不交物业费和水费，就停掉自来水。这栋公寓的自来水统一使用了汤泽町经营的自来水公司的管道，由业主委员会根据每一户的使用量，与物业费一起征收相应的水费。业主委员会征得汤泽町的同意之后，关掉了这两套恶意欠费的房子的自来水。同时，他们再次申请了拍卖，顺利的话，2016 年 4 月成交的这套房产将被第三次拍卖。

业主委员会竞买成功

像这样，拍卖度假别墅的买方原本必须清偿前任业主遗留的欠费，但有其中一些人可能在成交之后很快又开始欠费。前文提到，拍卖手续从开始到成交需要耗时近一年，新业主欠费之后无法马上开始拍卖手续，很快就又拖了两三年。假设有人以 1 万日元的价格买下被拍卖房产，他即使不交物业费也可以泡公共温泉浴池，也能使用游泳池等豪华设施。度假公寓的公用设施十分完备，所以只花很少的水电费用就能生活下去。当然这里的物业费相应地会贵一些，不过只要拖着不交，就可以在下一次拍卖之前充分享受“度假生活”。

针对这种情况，业主委员会想了一个对策，就是自己去参加拍卖房产的竞买。

汤泽町每个月都会举行拍卖，2017 年 9 月份比较多，共拍卖了 5 栋公寓的 9 套房产，因此更便于我们了解实际情况。

这些房产建于 1988 年至 1990 年之间，面积从 23 平方米到 88 平方米不等。无论多大面积、建于哪一年的房子，法院定的底价一律都是 1 万日元。这些房产的欠费金额少的有 54 万日元，多的高达 3 293 万日元，房子本身的评估额则介于 5.5 万到 220 万日元之间，都少于欠费，价值均为负，所以标价都是“备忘价格”1 万日元。这些房产最后的成交价从 1 万日元到 20.9 万日元不等，都是业主委员会竞买下来的。其中 8 套房产都是有两人竞买，如果业主委员会不参加，它们很可能就属于这些情愿赔钱买下公寓的人了。

2016 年 12 月也有 9 套房产拍卖，其中有 2 套以 1 万日元的价格成交，5 套以 10 万~16 万日元成交，还有 2 套没卖出去。9 套房中只有 2 套有两个以上竞买人。卖剩下的 2 套房最后以不同于普通拍卖的“特殊销售”形式以 8 000 日元的价格卖给了业主委员会。此时大家对冲绳宗教团体带来的欠费还没有形成普遍的危机感，业主委员会重视的还是能以尽量便宜的价格买下房子。

普通法院的拍卖多是由银行等金融机构提出申请，不过最近金融机构好像已经不再对汤泽町的度假公寓申请拍卖了。拍卖一次需要约 100 万日元的律师费等费用，而这些房子的价款远远不够。另一方面，欠缴物业费的人一般也会欠缴固定资产税等费用，拍卖得来的价款要优先清偿税款。这样一来，金融机构很难通过拍卖收回贷款，甚至还会增加成本。再说，最近度假公寓的房价不断下跌，也已经不太需要从金融机构贷款来买了。业主委员会原本是为了解决欠费问题才申请拍卖，自己花费成本再买下来也没有任何好处，所以当然希望以尽可能低的价格成交。然而现在又面临着不知道会有什么人来参与竞买的情况，他们因为这项新增加的负担而苦恼不堪。

急于加入业主委员会的新业主

一般来说，大多数公寓都没什么人愿意担任业主委员会委员，度假公寓的业主大多是偶尔来住的人，这个问题就更为严重。不过汤泽町的某栋度假公寓却出现了不可思议的一幕，有 5 个人刚买下房产就立即申请候补，希望能担任业主委员会委员。

2017 年 12 月，这栋公寓的业主委员会将申请拍卖后自己买下来 6 套房产面向业主的熟人出售，很快就找到了有意向的买主，除 1 套之外，其余 5 套都在同月 15 日就办完了过户手续。其中有 2 套房子是业主委员会在 2017 年 1 月和 2 月的竞拍中买下来的，还有 3 套是 2012 年买下之后一直持有的。他们把最后剩下的一套房用作客房，实际上就相当于清空了所有的库存。

然而，买下房子的 5 个人在成为业主的当天或者第二天就提出了申请，希望担任业主委员会委员。有人提议在原定 2 月份召开的业主大会上，把业主委员会委员的名额由原来的 5 名增至 10 名，让这 5 名新业主加入进来。一部分业主注意到这个变化，对业主大会的运营方式提出质疑，因此取消了 2 月份的业主大会。不过后来，在 4 月份重新召开的业主大会上，委员名额增加为 8 人，有 2 位之前的委员辞职，5 名新业主担任委员的建议得到了批准。

据一部分业主反映，新来的 5 个人总是与负责人持一致意见，在业主委员会中形成了多数派，因此负责人的提议变得更容易通过了。业主们密切关注着这位负责人今后会如何运营业主委员会。

泡沫经济欠下的债遍布全日本

地方城市地价狂跌

不同地区的程度可能有所不同，不过全国的度假地都遇到了与汤泽町度假公寓同样的问题。在1990年前后的泡沫经济时期，日本人都被煽动也要像欧美人一样享受长假，全国各地都纷纷掀起了开发和分售别墅及公寓的热潮。1987年，日本政府出台了《综合疗养地建设法（度假法）》，从税收上对民间开发度假区提供优惠政策，助长了这一趋势。房地产公司的销售方式也结合着当时盛行的“土地神话”，鼓动人们不要错过房地产增值的大好时机。如今，人们在那个时代买下的“梦幻般的别墅用地”已经成了不忍心留给孩子的“负动产”。

现在，风向完全变了，人们情愿再掏出一笔钱，来处理这些想卖也卖不出去的“负动产”。越来越多的人发现，土地在过去是只要买来就一定能增值的宝贵“资产”，而如今却成了税费和物业费不堪重负的“负担”。在将来可能举办奥运会的东京等大城市的繁华地带，不动产市场呈现出一派繁荣景象，但度假地和地方城市的地价却在不断下跌。如果把国土交通省 2011 年的公示地价看作 100 的话，东京、大阪和名古屋三大都市圈的住宅用地价格一直居高不下，而地方的地价在 2017 年已经降至 90.8，下跌了近 10 个百分点。

比售价还贵的手续费和广告费

临近泡沫经济结束的 1991 年初，一位住在大分县的老人（78 岁）在静冈县伊豆半岛的丘陵地带买了一块约 300 平方米的别墅用地（照片 2–2）。他当初看中的是从这里能看到富士山这一点。

当时他是住在首都圈的工薪族，身边有一些人到了假期就去别墅小住，在那个年代，这种生活是“身份”的象征。他想着退休之前盖上一栋房子，老了以后悠闲地安度晚年也不错，便和妻子开着车一边兜风一边寻找目标，最后以 1 300 万日元的高价买下了这里，就连合同都是特意到东京帝国饭店的咖啡厅签的。

照片 2-2 10 万日元卖掉的伊豆别墅用地。泡沫经济时期曾价值 1 300 万日元

2017 年 3 月，老人卖掉了一直没盖起别墅的这片地，售价 10 万日元，是当初买入价的 1/130。扣除还要向不动产中介公司支付的约 21 万日元手续费和广告费，这笔交易最后的结果是 -11 万日元。

尽管如此，老人仍然感觉“松了一口气”。

因为以后再也不用为这片地花钱了。当年的人生规划出现了变化，地买下来之后一直空着，每年都要缴纳 4.6 万日元的别墅用地管理费和 7 000 日元的固定资产税，卖掉土地相当于再过两年就能把这次亏的钱赚回来了。

老人有两个女儿，本以为总会有人愿意继承，没想到他试探的结果是，两个女儿都不想要。老人有些失望，不过那时他还以为土地肯定能卖出去。他最初要价 100 万日元，没想到一直无人问津。于是老人又找到每年都会向他催收固定资产税的政府部门，提出想捐赠土地，结果也只换来了“没有这种制度”的冷遇。

售价降到 25 万日元，又降到 18 万日元，最后在降到 10 万日元之后找到了买主。

“总算不用带到那个世界了。土地卖不出去的话，孩子们还得继续交管理费和固定资产税，那我就太对不起她们了。这也算一种断舍离吧。当时信奉‘土地神话’，以为只要持有土地就能升值，现在我已经再三反省了。”

这一带的别墅用地是 20 世纪 70 年代开发的，有人盖起了别墅之后一直住着，但也有很多地方只有空房子，或者仍是杂草丛生的空地。

据一家专门在静冈县从事别墅用地买卖的不动产中介公司介绍，10 万～20 万日元的超低价交易并不罕见。低价买下空地的人，有的用来做车库，有的用来给狗做游乐场，还有的用来种菜。甚至至今仍有一些人没有任何目的，只是因为便宜就把它买下来，享受拥有土地带来的满足。

这位中介人员告诉我们：“一些过去跟土地完全沾不上边儿的人，现在都像买一部手机一样轻轻松松地来买地。如今土地已经算不上财产了。”

遗产转眼成负担

不动产总是有所有人的。原所有人过世时，有些人觉得有房地产继承也不错，未加深思便继承下来，之后才发现，这种遗产派不上什么用处，却要一直支出维护费用。这种时候真想把它随便甩给谁，可又发现自己是所有人，不能不负责任地给其他人添麻烦。现在已经出现了专门满足这种“需求”的业务。

2016 年夏的一天，新潟县长冈市的一位男士（61 岁）收到了一封来自不动产中介公司的促销广告。上面写着：

“度假别墅、度假地或农村的土地、与房屋配套的度假区会员身份等，除了极少一部分能在市场上交易，其余大部分都是找不到买家的负财产。现在的实际情况是，即使不要钱，也难以找到愿意接手的人。鉴于这种情况，本公司特向曾找我们咨询过的客户提议，请您考虑付费将所有权转移给我们。”

这位男士在汤泽町有一套开间户型的度假公寓（约 20 平方米），是他的哥哥 2005 年购置的。2015 年哥哥去世后，由他继承了下来。虽说汤泽町是全国数一数二的度假胜地，但他在长冈市有自己的房子。他对滑雪和度假都没什么兴趣，当初只是觉得既然有现成的房产，继承下来倒也无妨。然而实际当上了所有人，他才发现，这套完全用不上的房子，每年都要缴纳约 15 万日元的物业费和维修基金，还有约 3 万日元的固定资产税。男士开始担心这份看不到尽头的负担，决定马上把它卖掉。最初开价 40 万日元，结果整整一年只接到过一个电话，看房人数是 0。

“断断续续地也发过一些广告，没想到会这么难卖。我本来还想着如果有人来议价，我就答应他的要求，谁知这所房子竟然没有一点吸引力……”

就在这时节，他收到了前文提到的促销广告，便把它当成了“救星”。

男士拨通了中介公司的电话，对方告知：“卖掉房子需要 120 万日元。”

中介公司提出的是“负价格”，即由业主付钱请他们接手房产，理由是公寓在未来 3 年的物业费和相关手续费等共需约 115 万日元，而且即便这样也无法保证 3 年之内能卖出去。男士觉得，既然这样，还不如干脆现在就趁此机会赶紧脱手。他毫不犹豫地付钱卖掉了房子。

他说：“我想不出来他们买下这种房子能有什么用。不过既然能帮我把手续都办好，我也就放心了。像原来那样，一直留着这套房子，我的心情就特别沉重。现在哥哥留下的这件麻烦事儿已经彻底解决了。啊，太好了，我总算轻松了。”

谁会成为最后的接盘侠

汤泽町有一套约 90 平方米的度假公寓在 2007 年由最初的所有人卖给了东京的不动产公司，后者在 2009 年把它卖给了埼玉县的一对夫妇，夫妇又在 2011 年卖给了新潟县燕市的一位男士。房子就像“抽王八”一样几经转手，最后在 2016 年被卖给了前文提到的发送促销广告的那家公司。

这种房产最后会怎么样呢？我们走访了大阪府一家接连买入度假地房产的不动产公司。

该公司的一位负责人介绍，他们给出的价格原本是正的，但必须要求所有人支付一定时期的物业费和所有权转移登记所需费用等，因此实际上就成了负价格。

有一套面积约 34 平方米的房产，“收购估算价”是 10 万日元，但销售费用超过 143 万日元，抵扣之后需要房主再付 133 万日元。费用明细包括：处理费 54 万日元，过户登记手续费 15 万日元（大概），1 年半的物业费、维修基金、自来水基础收费、固定资产税等维护和管理费共计 49 万日元，房产勘查费 5 万日元，登记时要缴纳的税费约 19 万日元，基础清洁费和基础家具清理费共计约 11 万日元。除此之外，还有一条注释，似乎在催房主早做决断：“* 平成 29 年（2017 年）9 月 1 日起相关费用上调之后，总金额预计会变为约 160 万日元。”

登记时要缴纳的税费包括登记税为房产售价的 1.5%，不动产所得税 3%，据此可以倒推出房产价格约为 430 万日元，这是计算固定资产税时的评估额。也就是说，按照 430 万日元缴纳固定资产税的公寓实际上只值 10 万日元，原本应该由买方承担的过户费用和相关税费、清洁费和家具清理费等都必须由卖方承担，否则就卖不出去。此外还要加上处理费，简直就像是在处理大件垃圾。

这份报价将出售房产所需的 143 万日元费与“4 年的维持物业费”放在一起比较，写道“如果您的房产已经放置了 4 年以上，建议您还是一次性支付这些费用把它处理掉”。对于一直认真履行纳税义务的所有人来说，这确实也比较有说服力。

因为“不想给孩子留下负担”

这位中介公司的负责人告诉我们，他们从 2014 年 10 月前后推出这项业务，至今已经收购了约 1 000 套房产，其中度假公寓约 250 套。

收购这么多“卖不出去的房子”有什么用呢？在他们的网站上，我们看到了大量“每套 10 万日元”的房产广告，听说现在已经卖出去了 180 来套。

负责人说：“我们原本从事面向老年人家庭的保健业务，后来发现很多老年人都在为手里多余的房产发愁，因为不想给孩子们留下负担。现在，我们根据登记簿的数据整理出了度假别墅的业主信息，向他们发放广告。客户要想自己卖掉房子可能很难，但我们在同一地区有几百套房源，可以满足各种买家的需求，卖出去的可能性更高。而且在这个过程中，我们还能找到一些其他需求，有的客户说能卖掉现在的房子的话就再买一套别的房子。”

实际上，他们确实卖出去了一些房子。

汤泽町有一套约 68 平方米的房子，是埼玉县的一位男士在 1991 年购置的，2015 年由一位女性继承，应该是他的妻子，她很快就把房子卖给了这家中介公司，第二年 4 月被东京的一位男士买走。如果这套房子也是预先收取了 4 年的物业费和各项费用的话，因为提前卖出去而省下来的部分就成了中介的利润。

不过另一方面，他们大量收购闲置公寓也会带来其他问题。

汤泽町的多个公寓业主委员会都向我们反映，这家不动产公司买下的房产都没有按时缴纳物业费。中介公司用物业费的名义收了原业主的钱，却并没有真正去交费。我们向中介公司的负责人确认，他承认有这种情况，并解释道：“如果我们提议进一步完善公寓，而业主委员会没有配合的话，我们就会不交物业费，而是先去和他们交涉。”

有一套公寓被中介公司租了出去，但一直没交物业费。直到被停了自来水，他们才终于来交费。另外，因为有欠费的房子卖不出去，他们有时还会等到出售时一次性付清。业主委员会的负责人对此十分不满：“我弄不明白他们为什么要接连买下这里的房子。如果他们一直卖不出去，欠费就会越积越多，到了欠费超过售价的那一天，他们还会继续卖吗？房子成了‘僵尸’状态，最后受损失的还是我们。就算能卖出去，也说不定买方是些什么人。他们这种生意根本不顾及其他业主的想法。”

线上竞拍

有些度假公寓、别墅用地或继承的负动产等无法通过普通的不动产中介公司找到买家，成了“负动产”。还有一些急着把财产变现的人，也很难卖到理想的价格。最近还出现了在网上竞拍的方法，通过网络在更大范围招集感兴趣的人来竞买，最后卖给出价最高的人。

最早的线上竞拍是由法院拍卖的参与者们组成的“不动产拍卖流通协会”举办的，他们希望能在民间组织拍卖。如果买房人无力清偿贷款，发放房贷的银行等可以申请拍卖作为最后的手段。法院决定的拍卖底价常会远远低于房主预期，所以也有人就急着想自己先卖出去。不过毕竟个人的影响有限，一般也很难得到满意的结果。即使是继承房产，期限也只有10个月，因此急着出手，常常会留下遗憾，觉得或许能卖得更好一些。

把度假公寓等房产交给当地的不动产中介公司，销路都不会那么广。此外，中介公司的佣金由售价决定，地方城市的房产价格已经低得不能再低，也很少有中介公司愿意去卖。

一位不动产中介人士告诉我们："从事不动产交易，必须查清楚房产背后的所有信息。有些房子的合同面积与实际不符，有些房子漏雨，还有些房子被抵押了却未体现在房本上，之后可能会带来麻烦。拍卖的房子有法院介入，不会有这些问题，但拍卖需要的费用和时间都很多，不适合价值已经跌得很低的房产。这样下去就会形成恶性循环，没有中介公司愿意接手地方的房地产业务，地方的房子卖不出去，价格就会跌得更厉害。"

在这种情况下，拍卖协会开始尝试线上竞拍，希望能在期限内从更大范围找到买家。

2018年10月，他们获得了第一次成功，当时的竞拍对象是茨城县的住宅用地和兵库县淡路岛的别墅用地等共5处不动产。

其中有一套房子在 4 层度假公寓的最顶层，位于陡峭的山道旁。这是一套 68 平方米的一居室，从落地窗能把箱根山尽收眼底。房子里的浴室十分宽敞，此外还有用天然温泉建成的公共浴场。这栋公寓建于 1991 年，管理状态很好。最初是一家企业买下这套房用来接待客户或为员工提供福利度假，后来业务缩减之后便决定把它卖掉。竞拍的底价是 275 万日元，看上去还比较便宜，不过问题是每个月都要缴纳共计 5.7 万日元的物业费和维修基金等。只要能承担这个费用，就相当于夫妇二人每个月都可以过上高级旅馆的生活了。很多外国游客都会到箱根旅游，在这里开一间民宿也不愁招不到客人，只可惜这栋公寓的业主委员会禁止这种做法（照片 2–3）。

照片 2–3　线上竞拍的度假公寓，箱根山的美景在这里一览无余

找来这套房源的是“住房贷款问题协助网”的负责人高桥爱子女士，这家NPO组织专门为需要将资产变现还债或者继承了卖不出去的不动产的人们提供服务。

高桥女士回顾了最初的想法：“这套房子当时通过当地的度假公司出售，要价400万日元，一直没有找到买主。物业费等费用相当于‘负债’，即使没来住，每个月也是必须交的。不过对于喜欢温泉，希望周末到箱根来休息或者在这里生活的人来说，这个价钱完全可以接受。网络用户有各种各样的需求，说不定在网上能卖出去。”

我们还去看了一块别墅用地，距离千叶县白子町的九十九里滨[①]2千米远，也是高桥女士找来的，底价18万日元。土地十分方正整齐，面积约100平方米，周围还有约20块同样的土地，几乎都没有盖上别墅。所有人是一位公司职员，他自从1988年泡沫经济时期买下这里之后就一直空着。

从这里到最近的JR外房线永田站有十几千米，每年除了除两次草需要约1万日元之外，还需要缴纳6 000日元的固定资产税。

高桥女士有些担心：“所有人不想给孩子留下负担，所以只要能脱手，不要钱也可以。不过成交需要卖方承担15万日

---

① 九十九里滨位于千叶县东部，从刑部岬到太东崎的太平洋沿岸，是日本最大规模的沙滩海岸。

元佣金，我们在此基础上加了 3 万日元，把底价定为 18 万日元，还不知道能不能找到买主。”

只要是在网站上登记了地址的会员，都可以免费查看这些房源的详细信息。看到有兴趣的房产，只要在限期之内转入根据底价确定的“保证金”，就可以参加竞拍了。

房主可以免费登记竞拍对象，登记之后，竞拍协会指定的不动产中介公司会去实地勘查，与所有人一起协商，确定底价。

在竞拍中成功卖掉的房产，需要向竞拍协会支付相当于售价 3% 或最低 15 万日元的佣金。协会委托当地的房地产中介公司进行实地勘查并办理成交后的手续，从所有人支付的佣金中拿出一部分作为酬劳。

竞拍协会的负责人青山先生告诉我们：“拍卖需要 100 万日元左右的律师费等费用，还要耗费 8 个月以上的时间。相比之下，网上竞拍的费用便宜得多，时间也只要 3 个月左右。很多人都是宁肯不要钱也希望能把房地产脱手，所以今后很可能会出现价格低于 15 万日元的房产，这样在网上卖掉的可能性比较高。”

命运共同体的考验

与欠费抗争的老旧公寓

公寓是一个命运共同体。热潮退去之后，随着业主们年事渐高，以及住户减少，度假公寓面临着收不到物业费和维修基金的危机。在这种趋势之下，普通公寓也无法置身事外。在人口减少以及回归城市中心的影响下，大城市周边的空置房屋越来越多，老旧现象也日益加剧。虽然普通公寓的物业费和维修基金及固定资产税没有配备了游泳池和公共浴场的度假别墅那么贵，但对于依靠微薄的养老金度日的人们来说仍是一笔沉重的负担。公寓与欠费的斗争开始了。

更换物业公司才发现欠费

从神奈川县横须贺市的久里滨站坐上公共汽车，行驶约 10 分钟之后，在一片高地上，能看到一群共 5 栋公寓组成的住宅区，叫作“URBAN HILLS 久里滨”，共有 700 套房产。从这里乘坐京滨特快电车，1 个小时就能到新桥，是适合在东京市中心上班的人居住的郊区公寓（照片 2–4）。

照片 2–4　横须贺市的“URBAN HILLS 久里滨”，5 栋公寓共有 700 多套房

这片住宅区是当地的开发公司在 1998 年开始分售的，由其下属企业担任物业公司。虽然住户们也组织了业主委员会，但各项事务一直都交由物业公司负责。后来有住户提出每年近

7 000 万日元的管理费太贵，于是从 2006 年起，他们以每年约 5 000 万日元的价格与另一家大型物业公司签订了合同。交接时发现物业费等欠费已经达到约 2 400 万日元。

业主委员会负责人秋谷精一先生回顾当时的情况说："我们也不能谴责他们隐瞒了这个重要事实。因为情况都写在报表上了，只是谁都没有仔细看。当时小区有一个机械式停车场，收了很多使用费却从没有用过，一直都存在那里。大家都觉得长期修缮是以后的事儿，没有人关心公寓的管理情况。谁都以为物业公司一定会尽职尽责，就一直没有过问，是我们想得太简单了。"

从那以后，业主委员会开始了艰难的斗争历程。

欠费的业主共有 100 人左右，其中最"厉害"的从住进来以后一次都没交过物业费和维修基金，每月 2.5 万日元，他的总欠费金额超过了 300 万日元。新换的物业公司对此毫无办法，还曾请过顾问律师。然而过了 6 年，情况还是不见起色。到了 2012 年，业主委员会再次更换了物业公司和律师。

最后的"王牌"是通过法院拍卖把房产卖掉，也就是被称为"59 条拍卖"的特殊措施。

住宅拍卖一般都是由于房主无力清偿房贷，由金融机构作为债权人向法院申请的。虽然也有一些度假别墅由业主委员会申请拍卖，普通公寓却不能这样做。因为不同于那些"1 万日元”的度假公寓，普通公寓的价值明显要高于欠费金额，所以以欠费为由拍卖房产有可能被视为滥用职权。还有一个原因就是度假公寓要花费较多的费用维护豪华的公共设施等，所以物业费往往也要高于普通公寓。

为宣布“损失”而召开“全楼大会”

不过，如果拖欠物业费被认定为危及其他住户利益的恶劣行为，就可以根据维护公寓权利和正常管理的《区分所有法》第 59 条的规定，对其实施拍卖。这就是业主委员会在 2012 年重新聘请的顾问律师河住志保女士采取的方法。

要行使第 59 条规定，不能由业主委员会提出申请，而是必须由与欠费者住在同一栋公寓里的其他业主提出自己蒙受了损失，办理拍卖手续。

普通人一般都没与法院打过交道。为了帮大家克服心理上的障碍，2012 年，河住律师同时针对 4 名程度最恶劣的欠费者办理了拍卖手续。业主委员会首先召开了的业主总会，说明整体方针，然后再分别落实到出现欠费的每一栋楼，召开全楼大会。

4 个人的房子全都被通过拍卖出售。2013 年和 2014 年还有 2 个欠费者在开始拍卖手续之后才同意分期补交欠费，或者由亲属代为补交，解决了问题。

如今，到拍卖这一步之前的对策已经有了明文的规定：

①欠费3个月之内由物业公司督促；

②欠费3个月则禁止使用停车场；

③从欠费第4个月起，由律师通过“内容证明信件”催缴；

④等待1年仍无改善则申请拍卖。

经过上述措施，整个小区的欠费者已经减少到30人左右，累计欠费金额也降到了200万~300万日元。

秋谷先生说：“我们都没想到还有申请拍卖的方法。欠费越多越难以还清，所以我们要趁金额比较少时就伸出援手，敦促欠费者采取分期等方式补交上来。不过说到欠费，其实最根本的原因还是这些人的房贷负担太重了。买房子时，销售人员总会说只要把每个月的房租用来还贷，就能拥有自己的房子。但真正买下来以后才知道，物业费和维修基金是必须一直交下去的。有些人买房时没有考虑这一点，最后就会陷入困境。不过话说回来，开车也同样需要保养，我想劝那些欠费的人，如果连物业费都交不起的话，就别开什么车了。”

国土交通省2014年关于公寓实施了的问卷调查，在提交回答的2 324个（回收率64%）业主委员会中，有37.0%遭到了3个月以上的欠费，而且越旧的公寓欠费越多。

河住律师指出:“为了实施大规模修缮，越是老旧的公寓，维修基金负担越重，但已经步入老龄的业主的收入却是减少的。随着公寓住户的老龄化发展，今后全日本的欠费问题都将更为严重。此外由于业主得了老年痴呆或孤独死而导致欠费的情况也越来越多，有些业主委员会联系不到亲属，根本无法解决这些问题。”

度假公寓预示着不远的未来

度假公寓出现的情况，城市里的公寓今后也可能遇到。明明已经进入了少子化社会，却还有人在不断地盖新的住房，因此空置房屋将越来越多。今后，在那些交通不便的地方，公寓可能会率先出现价格下跌。随着住户年事增高，将会出现一些无力一直缴纳物业费等费用的人。另一方面，由于建筑物越来越旧，反而会需要更多的修缮费。重建需要巨额资金，而且还必须获得所有业主的同意。

度假公寓地处休闲度假区，业主不经常去，彼此之间不太熟悉，对公寓的管理方面也不太关心，业主委员会的工作确实十分繁重。不过在普通公寓里，又有多少人敢说自己住的公寓里所有业主都能相互理解，都是拥有负担能力的人呢。公寓就是一个命运共同体，即使自己按时缴纳所有费用，可如果业主委员会不够尽责的话，就连电梯的正常运行也无法保证。尤其是物业费和维修基金等的欠费，如果不尽早采取措施，最后就会陷入无法收拾的境地。

用钢筋混凝土建造的公寓虽然住起来既方便又安全，然而要长久保持其良好状态，住户们就必须进一步加强沟通，否则难免陷入度假公寓的困境。

埼玉县羽生市，广袤的田地之间盖起了一栋栋长租公寓

第 3 章
长租陷阱

房主的困境

"LEOPALACE 银座"

日本已经进入人口减少社会，但长租公寓却越来越多。国土交通省的统计数据显示，从 2016 年起，长租公寓的新建套数已经连续两年超过 40 万套。2015 年遗产税增税[①]之后，不动产公司又提出"贷款盖房能节税"的口号，对土地所有人加强了广告攻势。

过去，经营长租公寓的人被称为"房东"，他们一般都是亲自经营和管理公寓的。最近这些年，"房东"少了很多，大多改为由专门的管理公司统一负责招租房客乃至管理、维修楼房设施等。其中由不动产公司将土地所有人建造的楼房整个

① 日本自 2015 年 1 月 1 日起增收遗产税，最高税率可以达到 55%，基础免征额度也比之前减少 40%，使得更多的人需要申报遗产税。

图表 3–1　长租合同的机制和风险

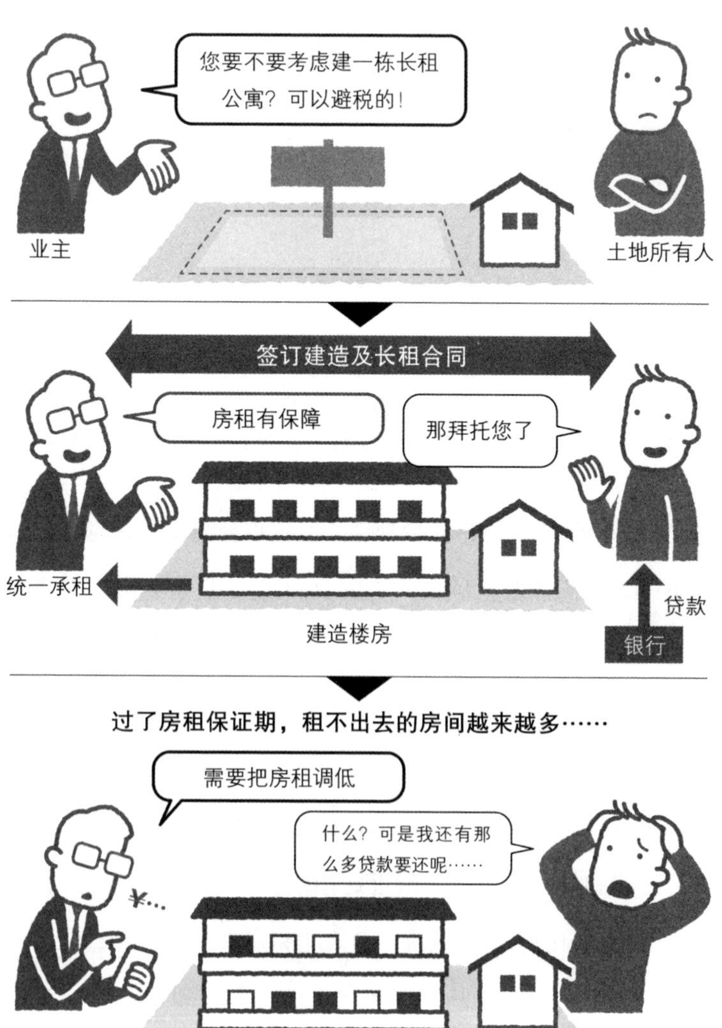

摘自《朝日新闻》2018 年 7 月 26 日

承租下来，再转租给房客的形式（图表 3–1）越来越多，乃至（某家大型建筑公司的推销人员说）“现在除了长租公寓，几乎没什么新房可盖了”。寻找租户和房屋管理等都由不动产公司负责，看起来似乎比较省心，房主也更喜欢这种方式，然而这背后也隐藏着一个可能带来“负动产”的陷阱。

从三重县县政府所在地津市的中心车站出发，开车 15 分钟左右，就会来到海边一片遍布稻田和菜地的地方，这里盖了很多低层楼房。2006 年，一位老人（71 岁）在附近盖了一栋长租公寓，并与大型不动产公司 LEOPALACE 21 公司签订了长租合同。他告诉我们，附近共有约 40 栋长租公寓，大多由 LEOPALACE 21 公司管理，他把这里叫作“LEOPALACE 银座”（照片 3–1）。

照片 3–1　被称为“LEOPALACE 银座”的三重县津市郊区

老人原本觉得这里远离闹市区，周围都是农田，并不适合经营长租公寓。然而推销人员锲而不舍地再三拜访，并说“可以保证 30 年之内的房租收入”，老人终于动了心。他以“咱们家的土地太多了，必须办贷款，才能少交一些遗产税，否则我就拒绝继承”为由，说服了持反对意见的父母，用自己和父母的名义盖起了长租公寓。

然而，就在他盖公寓的这段时间里，附近接二连三地建起了很多房子。他根据公寓的名字判断，其中以 LEOPALACE 公司建造的房产居多，不过也有其他不动产公司游说土地所有人，怂恿他们盖长租公寓。

老人十分气愤:“我的房子盖好之后的 3 年里，周围一直在不断地盖楼房。一下子多出这么多房子，肯定不能全租出去，楼房也会贬值。当初 LEOPALACE 公司的推销人员说房子建到一定数量他们就会退出，还告诉我不用担心，真不该听信他们的话……”

原本说好的保证 30 年之内的房租，可才过了 10 年，多方就要求降低 20% 的租金。老人与 LEOPALACE 公司再三交涉，最后才得以维持原来的水平，但他不禁担心，“以后租不出去的房子越来越多可怎么办呢”。

用房租还房贷有风险

在不动产公司统一租下房主的公寓转租给租户的长租合同中，会规定一定的租金保证期，房主在此期间能收到事先约定的房租，但过了保证期之后，房地产公司一般都会要求房主降低租金。大东建托集团公司和 LEOPALACE 21 公司等大型租赁公寓建筑公司经手的大多数合同都把租金保证期设定为 10 年，前文提到的津市的事例即属于这种情况。

公寓是房主建的，因此承担建设费用的当然是房主，而不是这些公司。过了租金保证期之后，公司以空房太多为由要求降低房租，或者银行利率上涨，每个月的还贷金额增加的话，这些风险都要由房主来承担。由于一定期间内的房租收入能得到保证，房主往往以为长租公寓“不会赔钱”“风险很小”，但如果没有足够的租房需求，他们还是会面临很大风险。有些地方城市的土地所有人本来认为自己的土地位置不适合出租，就是因为听信了房地产公司承诺会保证租金，才低估了风险，决定建造长租公寓，然而过了保证期之后，果然出现了公司要求房主大幅降低房租的情况。

两成长租公寓在赔钱

类似“LEOPALACE 银座”的楼房大量建成，导致供给过剩，长租公寓的空置率呈现出升高的趋势。不动产调查公司 TAS 的调查数据显示，在首都圈一都三县[①]的很多地方，长租公寓的空房率已经从 2015 年中期的 30% 左右升至 2018 年的 35% 以上。

公寓供给过剩为房主还贷带来了阴影。背负着贷款的是房主，而不是长租公司。空房太多的话，长租公司可以用降低房租的方式来应付，但房主每个月必须偿还的房贷却不会随着租金收入的减少而变少。

还有数据显示，随着房龄的增加，长租公寓的处境也会更加困难。由于日本国内银行针对长租不动产的累计贷款额持续增加，金融厅于 2017 年以随机抽检的 7 家地方银行为对象，对贷款修建长租公寓的入住率、租金和有无长租合同等情况做了调查。

在《朝日新闻》的要求下，他们公开了部分调查结果，包括 7 家银行发放的至少 672 件贷款的相关信息。这些信息显示，公寓建好之后，每隔 5 年，空置率都会上升，满 20 年时会达到 11.6%。在第 15 年之前，租金水平能维持在新房的 90% 以

---

① 一般指东京都、埼玉县、神奈川县和千叶县。

图表 3–2　亏损房产的比例呈随房龄增加而上升的趋势

房龄（年）	亏损房产所占比例（%）
5	13.7
10	15.0
15	21.4
20	19.4

摘自金融厅资料

上，但满 20 年后会急剧下降到原有水平的 75.1%。无论是房龄 15 年的公寓，还是房龄 20 年的公寓，都有 20% 左右会出现赤字，只靠房租收入无法支付修缮费和还款额（图表 3–2）。

按 10 年计算的话，21 世纪 10 年代中期建造的长租公寓的租金保证期将持续到 20 年代中期。届时，日本的家庭户数转为减少，会不会出现租金不断降低，房主们难以偿还贷款的情况呢？专门从事这方面研究的青山财产网络公司的高田吉孝常务董事长提醒大家："虽然现在还没有出现特别严重的问题，但长租公寓可能会成为一颗定时炸弹。到 2025 年，所有团块世代①都将超过 75 岁，届时会出现大量待继承的遗产。因此，很有可能会带来大量空置房屋，土地过剩的问题也将更为突出。今后，作为租房需求的主要群体，东京郊区的 20 ~ 49 岁

① 指在日本第一次婴儿潮时出生的人，大多出生于 1947—1949 年期间。

人口也将大幅减少，而地方城市的需求减少则会更为明显。供过于求会导致空置公寓增多，房租下降。”

为降低房租做好准备

不少房主已经预感到了供大于求的危机。群马县有一位男士在 3 年前与一家大型长租公寓建设公司签订了长租合同，当上了长租公寓的房主。他之前由于工作关系与这家公司打过交道，希望以此作为所得税的避税措施。盖公寓的土地原本是自己公司用来堆放原材料的，为了建造公寓，他还从金融机构借了 6 300 万日元贷款。

现在这些公寓都租出去了，不过估计随着房龄的增加，将来应该也会出现空房。他签订了 30 年合同，考虑到 10 年之后可能就不得不减低房租，他决定趁现在能拿到稳定的房租收入时多存一些钱。

如果到时候存的钱也不够还贷，他还准备考虑把这里作为公司的员工宿舍。

“我认为长租公寓已经供大于求了。原本就是为了节省所得税而盖的公寓，所以一开始也没打算靠它赚钱。不过我必须从现在开始就考虑到将来房租减少时的情况，提前做好准备。”

想给体弱的儿子留一份保障

近畿地区有一对 40 多岁的夫妇，他们现在靠政府的救助维持生活，是丈夫已故的父亲在 2002 年为了帮扶他们建造的长租公寓使他们陷入了如今的境地。

2002 年，老人与 LEOPALACE 21 公司签订了长租合同，依靠约 2 亿日元贷款在自己所有的土地上盖起了 2 栋长租公寓。他这样做，是为了自己过世时儿子能少缴一些遗产税，此外也是希望因病无法工作的儿子将来能获得稳定的房租收入来维持生计。

夫妇两人当时也曾参与父亲与不动产公司的谈话。他们记得销售人员说："未来 30 年房租几乎都不会降。"

签订合同的 2 年之后，父亲撒手西去。丈夫既继承了公寓，也继承了贷款。最初他们还能顺利拿到房租，但从第 9 年开始，公司提出降低房租，到了第 10 年，公司则要求要么把房租降低 20%，要么解除长租合同。

个人破产，然后……

LEOPALACE 公司派了两三名员工守在他们家里，说得不到答复就不回去。夫妇二人希望能维持现状，可看到不动产公司的人等到天黑还不离去，终于不得不同意中途解约。

夫妇两人一直完全靠房租生活，无法接收降低房租的选择，于是又与另一家不动产公司签订了合同。然而这家公司在2015年之后便再也联系不上了。

二人完全不知道应该如何找租户，如何经营公寓，再说还有1.4亿日元的贷款没有还清。他们也曾想过要卖掉公寓，但得知很难卖到足够还贷的价格，无奈只能向律师咨询，最后得到的回答是只剩下个人破产这一条路了。

多年以来，妻子一直照料着生病的丈夫，她说："每年光是固定资产税就要100多万日元，再加上每个月都要偿还超过80万日元的房贷，我们心理压力也很大。现在虽然失去了祖祖辈辈留下来的土地，但感觉轻松多了。很多地方城市都是人口越来越少，真不应该贷款去经营长租公寓。"

"今后是地方的时代"

如果没有上一辈留下来的土地，而是在无亲无故的地方城市买下土地和房屋来经营长租公寓，往往需要背负更多的贷款，风险也会更高。住在千叶县的藤泽勇治先生（77岁）曾经认为不动产是财产，所以选择了经营长租公寓（照片3–2）。

照片 3-2　因为经营长租公寓被赶出了自己家的藤泽勇治先生

2018 年年初，藤泽先生离开了自己在野田市住了 30 年的家，搬到了松户市的出租屋里。由于无力偿还为了经营长租公寓而欠下的贷款，他自己的房子被银行收走。这一年的 1 月，我们来到他在松户市租住的房子。搬家的整理工作尚未完成，取暖用具还在箱子里没拿出来，房间很冷。藤泽先生穿着羽绒服把脚伸进没有通电的被炉里，记者也穿着大衣听他讲述了事情的经过。

藤泽先生过去在银座的一家广告代理店工作，泡沫经济全盛期，通过熟人结识的 MDI 公司（现在的 LEOPALACE 21 公司）销售人员告诉他“今后是地方的时代，经济形势这么好，地方也会受益”。

1992 年，他花 6 000 万日元在无亲无故的甲府市买下一栋二层楼房和土地。

那时，人们还都沉迷在对土地神话的信仰之中。买房不需要首付，每个月的租金差不多刚好够还贷款。

“我也想过，自己有房子，不需要再买什么房了，不过我当时工资很高，只要把贷款还清，房子就是自己的了。我那时想着退休以后，这套公寓的租金能填补一些收入呢。”

不动产公司告诉他，房子所在的住宅区虽然离甲府市中心有点远，但附近就有公园和小学，位置很好。

在租金得到保证的前10年里，藤泽先生用房租顺利地按期还贷。但2002年过了租金保证期之后，情况开始变得不妙。不动产公司发来通知，要求将房租下调60%。按照合同规定，过了保证期之后，租金可以每两年更新一次，藤泽先生还记得自己买房时，销售人员说的是“保证期之后的租金每年能上涨3%左右”。

考虑到租金减少一大半就不够还贷了，藤泽先生终止了与LEOPALACE 21公司的合同，把房子委托给其他不动产中介公司。然而他还是无法获得满意的租金收入，房贷也还不下去了。房子最后被拍卖掉了，但仍然不够还清贷款，藤泽先生现在已经过了75岁，每个星期还要出去工作3天才能维持生活。

对26年前轻易买下楼房的决定，藤泽先生十分后悔：“当时我连房子都没去看，就随随便便地觉得虽然交通不够方便，但有公共汽车也还凑合。现在回头想想，真是毫无防备地签了合同，我还以为经营长租公寓会很容易。”

LEOPALACE 21 公司：“降低房租是房主同意的”

我们找到 LEOPALACE 21 公司，介绍了相关情况，指出与该公司签订合同的房主当中，有人由于租金的减少而无法还清贷款，失去了自己的房子或陷入了个人破产的境地，申请当面采访。然而该公司公关负责人以我们的提问涉及范围较广，负责人无法全部解答，高层领导找不到合适的时间接受采访等理由，只提供了书面答复。以下为提问和答复的主要内容。

* * *

——有的房主在过了保证期后被要求降低 60% 的租金，请问租金的降价幅度是如何确定的？

“金融危机之后，经济形势整体都不好，租住房屋的企业客户减少，有些地方的租户甚至减少了一半以上，本公司的财务状况也出现了急剧恶化。长此以往，本公司也可能破产，因此只能请求经营状况不好的公寓房主配合，降低租金，寻找对策。不得不需要房主降价时，我们会根据房主的贷款和固定资产税等情况，尽可能提出不给他们增加负担的方案。对于降价给房主带来的影响，我们会尽量取得房主认同，在双方同意的基础上降低租金，不会出现我们单方面降低租金的情况。”

——也有一些房主是在保证期之内被要求降价的，原因是？

“金融危机以后，房屋租赁市场行情大幅下滑，无奈之下，本公司也会请求房主将租金调整至合理水平。我们十分感谢那些同意降低租金的房主。”

——最初提交给房主的收支计划是如何计算的？有房主反映销售人员曾经口头保证租金在30年之内不会下调，请问你们是否进行过类似的销售活动？

“尚未掌握有销售人员向房主口头保证租金在30年之内不会下调的情况。在签订合同时，关于收支计划中包含的风险等，我们都会向房主详细说明。现在我们会请房主对销售人员解说的内容进行签字确认。”

过于乐观的顾客和推波助澜的公司

盖房子能避税吗

前文提到，日本已经进入人口减少社会，但国内长租公寓的新建套数却在急剧增加。2015 年 1 月开始实施的遗产税增税政策推动了公寓建设的热潮。

新政策不但缩减了免征遗产税的基本扣除额度，还提高了最高税率。国税厅 2015 年统计的申报情况显示，所有留下遗产的人当中，有 8% 属于遗产税的征税对象，远远高于前一年的 4%。于是，不动产公司开始以此为由，声称建造公寓充分利用土地便可以降低遗产税的评估额，对拥有大片土地的所有人展开销售攻势，劝诱他们建造公寓。

用这种方法避税的原理是这样的：土地所有人去世时，根据其所持有土地的固定资产税评估额和路线价格等确定土地总价，再加上存款和股票等其他资产，就是待继承财产总额。从总额中扣除根据继承人人数等确定的免税金额，再乘以系数，就能算出应缴纳的遗产税。土地所有人未还清的贷款可以从待继承财产中扣除，所以他们说贷款盖房能避税。

此外，持有不动产的人每年都必须缴纳固定资产税，同样是住宅用地，与停车场等空地相比，盖上房子或公寓之后，固定资产税会便宜一些。这是过去日本在人口增长时期为了解决住房不足问题而采取的措施，目的是鼓励住宅建设。如今日本成了人口减少社会，房子开始出现过剩，却仍保留着这项促进住宅建设的税收制度。这些都是土地所有人愿意建造公寓的主要因素。

不动产公司的销售人员在推销时会强调上述避税效果，我们在采访过程中遇到了多起类似情况。

本来就是想避税的

在爱知县经营长租公寓的一位男士（77 岁）反映，2018 年长租公寓建设公司大东建托公司的推销人员建议他建造公寓时说：“按照您现在的情况，将来需要缴纳约 1 200 万日元遗产税。”

男士非常吃惊，因为他已经在 6 年前与大东建托公司签订了长租合同，用 6 000 万日元的贷款盖起了一栋长租公寓。而且当时的目的就是想少缴点遗产税，希望能通过盖房利用土地，来降低遗产税的评估额。当时计算的结果是遗产税原本应该是约 700 万日元，建了公寓之后就几乎不用缴了。

男士觉得，虽然 2015 年 1 月之后遗产税调高了，但也不至于一下子增加这么多，便去咨询了一位相识的不动产咨询师。得知遗产税并不会真的增加那么多以后，他拒绝了那位销售人员。

他说："1 200 万日元的遗产税太可怕了，那样的话我的存款就全没了。大东建托公司的销售人员所说的遗产税金额远远高出实际，我一下子变得特别担心。要不是有一个信得过的人可以商量，真不知道我现在会怎么样。"

多位长租公寓的房主在接受《朝日新闻》采访时说到，当初签订合同时不动产公司的销售人员"提示了极为乐观的收支预测"或"危言耸听，害得自己十分担心"。

经营长租公寓，虽然能在租金保证期之内获得一定的房租收入，但之后却很可能因为空房太多等原因被迫降价。大多数房主未来几十年都必须一直偿还贷款，房租下调或者意料之外的修缮费等都有可能使他们陷入困境。

没有被告知需要修缮费

也有的长租公寓闹到了法庭上。原本作为停车场能获得稳定收入的土地，盖上了公寓之后，不仅需要偿还建筑费的贷款，遇到修缮费等意想不到的支出还会导致经营计划完全被打乱。

2000 年，大分市有一位女士（73 岁）听从大东建托公司的建议盖了一栋六层公寓。2014 年，她以该公司在签约时的说明不够充分为由提起诉讼，要求对方赔偿 1.9 亿日元的损失。

这位女士提交到东京地方法院的陈述书中写道，1996 年前后，大东建托公司的一位男销售人员来到她的家里，建议她把原本用来经营停车场的土地改为建造长租公寓。当时他说大东建托公司会保证她能收到 90% 的房租。女士还向地方法院提交了大东建托公司与她签订合同之前带来的“提案计划书”。其中写道，房租会在公寓建成之后的 20 年里持续上涨，并在接下来的 20 年里维持原有水平。修缮费是每年保持固定金额（32.5 万日元）不变，并没有包含每隔一定时期所需要的大规模修缮费。按照这份计划计算，去除税费、管理费和应还的贷款等之外，房主每年还可以获得 1 000 万日元以上的稳定收入。

女士在法庭上指出，房租收入和成本与对方在签订合同时所说的情况不符，在被问道如果当时得知需要支付大规模修缮费是否还会签约时，她这样回答：“虽然很多情况我都不太了解，不过当时我本应该有机会好好考虑，或者找别人商量，事关这么一大笔支出，知道真实情况的话，可能我就不会同意签约了。”

2016 年，东京地方法院认定东大建托公司没有针对修缮费进行必要的说明，判决该公司支付约 5 400 万日元。大东建托公司于第二年支付赔偿，与这位女士达成了和解。

不动产公司：“不可能把所有风险都说清楚”

不动产公司方面也有人证明，为了顺利签下合同，他们有时会选择有意不提示风险。

在大东建托公司交给某位土地所有人收支计划当中，写着房租收入在公寓建成后的 30 年之内预计不会变动。虽然也有注明租金变动风险的条款，但一位 30 多岁的前员工坦言：“我们不会把所有风险都逐一提示给房主。有时候能不能签下合同还不确定，这种情况下再详细解释风险的话，很有可能原本能拿到手的合同就泡汤了。”

还有一位男士 2010 年之前曾在另一家大型长租公司担任领导，他证实销售人员会向客户口头保证“房租收入在 30 年之内应该不会变”。

他说:“我们要把那些用便宜建材盖成的、像玩具一样的公寓高价卖给人家，对房主就必须强调保证租金，要把它当成金融产品一样来卖。”

据说他们的主要目标，是在土地所有人中寻找“人际交往比较少，自尊心强、不愿意请教别人的人”。公务员、学校老师和一些农户都属于这种类型。他们虽然自己不具备土地和管理的相关知识，却由于自尊心很强，而不愿意找人商量，完全由自己独断专行。这样的人都是不动产公司的“好主顾”。

不动产公司一般会先与土地所有人签订建造公寓的合同，建成之后再签订长租合同。这个顺序也很重要:“就算中间发现有问题，公寓也已经建好，就没法反悔了。”

大东建托公司高层:“对销售人员感到失望”

JR 品川站港南口耸立着一片高层建筑，很多大公司都把总部设在这一带。

大型长租公寓建筑公司大东建托公司的总部大楼也建在这儿，这里十分方便，下了新干线就可以直接走到公司，即使下雨天也不会淋湿（照片 3-3）。

2018 年 5 月下旬的一个晚上，带着对围绕长租合同的诸多纠纷和强加于人的销售方式的疑问，我们拜访了大东建托公司的总部。大楼的入口装饰着漂亮的立体建筑模型。前台登记之后把我们领到了接待室，车站周围的铁道在这里一览无余。常务董事（兼建筑业务本部部长）小林克满先生等高层领导接受了我们的采访。

照片 3-3　JR 品川站前的大东建托公司总部大楼

我们首先向小林先生询问了大东建托公司的经营战略，以及他们确定长租公寓的销售对象和区域的方法。

“近 20 年来，我们的目标顾客主要是城市近郊的兼职农户[①]中，选择做了上班族的人。最近由于近郊的农用土地越来越少，所以重建已经成了我们的主要业务。”

我们这次采访大东建托公司的主要目的，是想听听高层领

① 与专职农户相对，农户家庭成员可以通过农业以外的其他途径获得收入。

导们如何看待我们在实际采访土地所有人和前员工的过程中了解到的那些强加于人的销售方式。

于是我们提到了之前销售人员对土地所有人夸大遗产税金额，鼓吹盖长租公寓可以避税的事例，对此，小林常务董事回答说:“我不知道房主有没有如实介绍自己的资产情况，不过我对这种销售人员感到很失望，或者说我了解的情况还不够充分。这样的情况一般不会传到总部，所以我们也应该主动去确认。总之，我考虑最终在支店通过税务顾问去确认和了解一下，如果真有这种情况，今后我们一定会改正。”

接下来我们又出示了销售人员与房主签订合同时提出的计划是“房租收入 40 年不变”的事例。

小林常务董事说:“我们并未禁止（在提案书中）写上固定的房租收入，不过会要求销售人员把风险都解释清楚。如果有（预计）房租会下调的情况，也必须明确告诉房主，未来的降价比例是公司内部预测的数据。”

我们转述了一线销售人员“如果一开始就说明房租可能下调，就很难签到合同了”的说法，小林专务反驳道:“也许有一线人员说过这样的话，不过无论宣传资料中是用大字写的还是用小字写的，我们一直是明确宣称无法保证固定房租的。国土交通省也一直要求我们重要事项必须向房主说明，所以我认为应该不存在没向房主说明房租下降风险的情况。”

超时工作

在针对大东建托公司长租公寓相关问题进行采访的过程中，我们还发现了另一个问题，那就是销售人员不论白天晚上都需要搞突击销售的繁重工作状态。只有通过员工的拼命推销，大东建托公司才能在这些本来没有什么租房需求的地方盖上公寓。

我们发现，2018 年 6 月上旬，因为员工的工作时间超出《劳资协定》规定的上限，大东建托公司在神奈川县的一家分店曾受到劳动标准监督署警告，被要求整改。在 2017 年年底，大东建托公司管理的长租公寓套数达到 103.6 万套，比 2011 年年底增加了约五成，多名员工或前员工都证明他们曾向土地所有人积极推销公寓建设，提高了业绩，但上报的加班时间却远远少于实际。

员工个人加盟的工会组织“黑心企业联盟”的数据显示，大东建托公司神奈川县分店签署了《劳资协定》（36 协定），规定员工加班时间的上限为每月 70 小时（旺季为每月 80 小时）。曾在这家分店从事销售工作的一位 20 多岁男员工在 2017 年 10 月的加班时间超出了上限。由于这名员工在当月的加班时间超过了 90 小时，神奈川县川崎北劳动标准监督署对该分店提出了整改警告，同时还发现这家分店也没有足额支付加班工资中应该加倍的部分。

这名前员工上报的加班时间少于实际，因为上司告诉他，如果他提交的加班时间超过了每个月 70 小时就得重写，还要交检讨书。经过工会的集体交涉，大东建托公司公开了配给每名员工的工作用车的行驶日志。这份记录能反映出比较接近实际状态的加班时间。

对此，大东建托公司公关部表示：“确实曾经受到过整改警告。出现不合理的劳务管理或违反《36 协定》的情况时，我们会督促和指导相关人员改正观念和做法。”

大东十则

导致公司受到整改警告的这位 20 多岁的前员工在入职 3 个月之后的 2017 年秋天前后开始超时工作。由于他一直没有签到合同，上司便开始话里有话地提醒他：“你工作没成果，回家倒是都挺晚的”，要求他超时工作。

为了不留下工作的证据，他会在外出销售时不用公司的配车，或者工作时关掉电脑的电源。

在东京都一家分店工作的现员工也表示，自己上报的工作时间都经过调整，要少于实际时间。

“找到目标就别放弃。不达成目的，豁出性命也绝不放手。”

这是直到几年之前，大东建托公司的分店每天早会时都要由全体员工大声宣读的口号。每家分店都挂着一个装裱起来的“大东十则”，内容与已故的广告鬼才——电通公司的第四代社长吉田秀雄在 1951 年写下的遗训“鬼才十则”基本一致。2016 年，电通公司一名员工被认定为过劳自杀，据说大东建托公司自那以后才废除了“大东十则”（照片 3–4）。

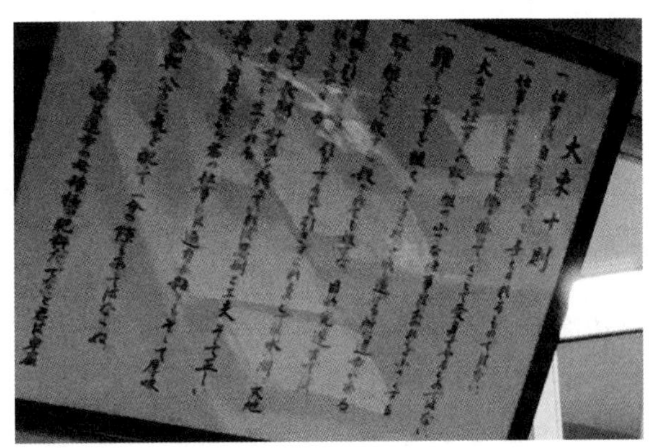

照片 3–4　过去一直挂在大东建托公司分店的“大东十则”

关于员工长时间工作的问题，我们也询问了小林常务董事等人。大东建托公司的销售方式十分有名，他们把突然拜访土地所有人进行推销叫作“初访”，把拜访有希望签订合同的客户叫作“再访”，把想方设法找到白天不在家的客户叫作“夜访”等。这种不分白天晚上进行推销的做法很容易导致员工超时工作。

对此，小林常务董事表示："超时工作的问题确实很棘手，最近三四年我们一直在努力改进。我认为通过推行时间管理和工作状态管理，这个问题现在已经在实质上得到了很大改善。"

我们在销售一线还听说员工会想出各种方法无偿加班，如在晚上工作时关掉电脑，或者周末用自己的车代替公司的配车去跑销售等。我们提到这些问题时，小林常务董事承认存在类似实际情况，并在此基础上表达了对销售人员的担忧："确实有过你说的这种情况。我忘了是去年还是前年，曾经有顾客反映说销售人员开自己的车去拜访他。这些问题必须随时纠正。在（《劳资协定》规定的加班时间上限）70 小时之内，晚上最晚工作到几点，都是有规定的。以我们的感觉来看，跟过去相比，如果销售人员把大部分时间都用在这里的话，他们的业绩反而是有些让人担心的。"

我们问小林常务董事今后是否仍会继续采用"初访""再访"和"夜访"等销售方式，他回答说："这就是我们的工作方式，必须得这样做。关于统一承租方式的负面信息很多，客户也越来越慎重。销售工作必须更加细致入微，否则很难开拓出新的客户。不过我们明白，违反《劳资协定》规定，超过加班时间上限就无法经营下去，所以对一线人员也是一直在不厌其烦地强调这一点。"

关于大东十训，中村武志人事部长介绍道："我们正在推进多样化发展，为了让各种各样的人都能发挥才智，所以取消了一些与此不符的做法。"

此外，我们听说大东建托公司还有一个规定，即过了 2 年仍没有签到合同的员工实际上就会被解雇。中村部长解释说："我们把这种情况认定为不适合担任销售工作，会按照失去员工资格来处理。"对于这项制度，小林常务董事说："有些员工中途转行来做销售，是希望能在我们这里赚到钱，过上好日子。如果他有家人，在（签不到合同的）这 2 年拿到的工资是不够养家的。这种情况继续下去对彼此都不好。"

日本银行放宽监管推动了公寓建设

长租公寓持续增加的背后，除了针对遗产税增税政策的避税措施，还有一个原因，即日本银行从 2013 年起实施的大规模金融缓和政策。2008 年金融危机之后，公寓建设行业曾一度受到重创，但 2012 年 12 月第二次安倍内阁成立之后，又在安倍经济学的庇护下重新振作起来。

日本银行的统计数据显示，2017 年年底，面向个人长租公寓的贷款余额为 23.268 万亿日元，已经连续 6 年增加，比实行金融缓和政策之前的 2012 年多了 12%。金融缓和政策使大量资金流入容易获得抵押的不动产市场。尤其是地方银行面向企业的贷款一直萎靡不振，他们也开始积极地向转租房产提供贷款。在面向个人长租公寓的贷款余额当中，有六成源自地方银行。

面向长租公寓的贷款现已开始收紧

在金融缓和政策之下，金融机构加大了对长租公寓的融资力度，不过出于对供给过剩的担心，最近情况又开始有所改变。

从2018年开始，从事住宅贷款业务的独立行政法人住宅金融援助机构（原住宅金融公库）提高了面向长租公寓的贷款发放标准。他们认为这种签订长租合同，由不动产公司统一包租，向房主统一支付房租的楼房和公寓越来越多，空置房屋的增加有可能会导致将来贷款无法回收。

针对面向长租公寓的贷款，金融厅于2017年春提醒各地方银行严格审查房产需求和风险，并要求他们向贷款人说明风险。因此，2017年度，所有国内银行发放给长租公寓的贷款开始转为减少。住宅金融支援机构之前一直持续增加，不过他们也从2018年起转为收紧贷款（图表3–3）。

图表 3–3　住宅金融支援机构面向长租公寓的新增贷款签约额持续增加

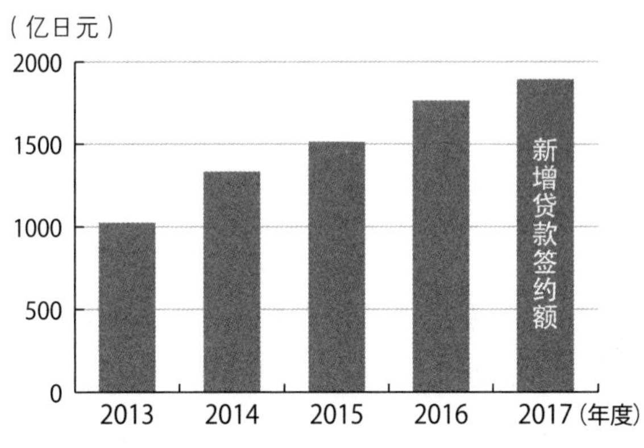

摘自《朝日新闻》2018 年 7 月 26 日

在审核房租收入和空置风险时，住宅金融援助机构开始采用更为严格的标准来确认其预期收支。此外，购买土地建造楼房时针对土地部分的贷款在原则上也已经被叫停。大多数长租公寓都是土地所有人在销售人员的劝说下建造的，不过也有一些不动产公司会劝说顾客去购买土地来建造公寓。长租行业把这种销售方式叫作“土地套餐”，这种情况下，贷款金额往往会非常大。

关于在原则上停止发放此类贷款的原因，住宅金融援助机构长租公寓推进组的负责人解释说：“这是我们根据今后的供求风险等社会形势的变化做出的综合判断。”

2017 年年底，住宅金融援助机构面向长租公寓的贷款余额为 1.3946 万亿日元，其中 2017 年度发放的贷款总额约为

1 900 亿日元，比前一年增加了 7%。

过了房租保证期之后，空房较多的公寓会被要求降低租金，房租收入减少了，还不上贷款的风险自然就会增加。

2018 年 3 月，住宅金融援助机构收到的长租公寓贷款申请比上一年增加了 80%。人们预料到银行发放的贷款将会减少，金融机构的审核标准也会越来越严格，因此都赶紧争相“上车”。住宅金融援助机构的工作人员告诉我们:“最近各建筑公司都苦于接不到订单，土地部分以后无法贷款，以及审核标准会更为严格等情况都有可能被当作证据，来说服顾客尽快建房。”

房主不属于消费者保护的对象

消费者厅的数据显示，最近三年期间，国民生活中心等接到了总计 900 件以上与长租公寓相关的咨询。

看到销售人员展示的极为乐观的预期收支之后，房主即使听到关于风险的说明，也往往更容易受乐观预期的影响。一位大东建托公司的前员工、现在从事不动产咨询工作的男士提醒大家:“销售人员在推销长租合同时，一般都会着重强调这是减少遗产税的避税措施，但其实只有租房需求较多的地点才适合建长租公寓。”

长租公寓受害者律师团团长三浦直树律师告诉我们："一定不要轻信销售人员的话术，必须自己亲自收集和验证附近的不动产信息和人口预测等数据，另外还应该找其他人多商量商量。"

有人反映日本缺乏保护房主的相关制度。作为长租公寓的"经营者"，房主不属于消费者，因此无法根据《消费者合同法》等保护消费者的法律获得帮助。

2011 年起，国土交通省开始对经营长租公寓的管理公司实行登记制度，核心内容是要求长租公司向房主说明房租变动等风险，不过大多都是形式上的措施，无法在实际上保护被迫降低房租的房主。

限制放宽

农用土地建房热潮

建筑公司把长租公寓整个承租下来，向房主统一支付房租的长租合同推动城市的郊区接二连三地建起了公寓，与需求脱节的建房热潮给城镇建设带来了阴影。

羽生市位于埼玉县北部，以利根川为界，与群马县相邻，这里也是深受人口减少问题困扰的地方城市之一。在距离羽生市中心驱车约 15 分钟路程的田园地带的一角，立着一群外观相似的长租公寓。其中有 5 栋都属于同一位男士（67 岁）所有，他最近感到十分担忧："附近又盖了这么多同样的公寓，这样一来，肯定会空出很多房间。我觉得自己恐怕把房子改在了不适合盖房的地方。"

这里原本是一片菜地，2005 年以后，在大东建托公司销售人员的劝说下，他借了约 3 亿日元的贷款建起了长租公寓。大东建托公司通过长租合同把所有公寓都承租下来，统一支付租金。

合同的期限是 30 年。当时销售人员确实说过房龄满 10 年之后要重新确定房租，不过男士记得对方说的是“物价持续上涨，所以房租也会更高”。

然而看到市内接连建起了相似的长租公寓，男士开始担心起来。果然不出所料，房龄满 10 年之后，大东建托公司要求他把房租降低 10%。虽然他与银行协商降低了利率，总算勉强应付过了这一关，但很害怕以后还会有大规模修缮等额外支出，所以把大部分房租收入都存了起来。

羽生市的长租公寓建设热潮是在相关限制被放宽的背景下出现的。这位男士持有的土地所在的这一带属于城镇化调整区域[①]。受土地用途的限制，农用土地等原本在原则上是不允许建造公寓的。不过日本在 2000 年修改了《城市规划法》，只要地方政府制定了相关条例，城镇化调整区域也可以建造公寓了。就这样，羽生市的城镇化调整区域在 2003 年建起了很多公寓。

但这一带原本并没有修建住宅的规划，因此公路和下水

① 指根据《城市规划法》确定的城市规划区域类型之一，与城镇化区域相对，原则上不进行开发，也不进行城市设施建设。

道等基础设施的建设成本都很高。人们期待此举能促进外地人口流入，但实际上羽生市 2017 年 3 月的人口为 5.5 万人左右，比 2003 年还减少了 2 000 多人。

羽生市担心市中心陷入衰退，或出现太多空置房屋，因此又对相关政策做了“重新规划”。2014 年，羽生市推出条例修正案，禁止再在城镇化调整区域建造公寓。有人担心这项修正案会导致人口外流，赞成和反对票数持平，最后还是由于主席投了赞成票才得以通过（照片 3-5）。

照片 3-5 埼玉县羽生市放宽限制后在田园地带盖起的公寓

“迁移农业”[1] 带不来人口增加

2000 年以后，各地方政府接连放宽对城镇化调整区域建造公寓的限制。国土交通省的数据显示，截至 2015 年年底，共有 166 个地方政府出台了放宽限制的相应条例。

地方政府希望通过建造公寓引来更多的人口，农户希望把农用土地派上用场，建筑公司希望增加业务获得收益，于是各方面的想法达成了一致，最终形成了一场建筑热潮，完全没有考虑会有多少人愿意住在这里的“实际需求”。日本银行 2013 年决定实施大规模金融宽松政策之后，多余的资金流向不动产市场，也助长了这个趋势。

后来由于基础设施建设负担过重，以及空置房屋增多，过度开发的流弊显现出来，羽生市等部分地方政府才又转为“重新规划”。

仅经过国土交通省确认的，就有埼玉县川越市、千叶县佐仓市、大阪府堺市先后取消了放宽限制的相关条例。堺市在 2012 年废除条例的理由包括一些道路拥堵严重，修建的住宅遮挡了农用土地的采光，以及对气味的投诉增多等。

---

① 指某些热带或温带地区采用的一种比较原始的农业生产方式。这种方式不会对固定的农田进行耕耘或施肥，而是靠烧荒等带来的自然肥力获得粮食，土地肥力减退之后，农民便放弃这里，转为开发其他地带。这里比喻日本有些地方政府取消对城镇化调整区域建造公寓的限制的做法。

埼玉县久喜市也在 2017 年 1 月改变了政策，虽然仍旧保留条例，但加强了监管，倾向于限制长租公寓的建设，规定城镇化调整区域只能建造不以出租为目的的独户住宅。

对已经处于人口减少状态的日本来说，放宽对城镇化调整区域的限制，有可能导致人口从道路和下水道等基础设施完备的城镇区域移居到不完备的调整区域。

长租机制加快了这一进程。东洋大学建筑系的野泽千绘教授专门研究城市规划，并曾调查过羽生市的问题，她指出："由于人口的减少，住宅已经明显出现了剩余。各市町村都应该充分运用城市规划，确定将新建住宅应在哪些区域选址。很多人把盖房当作遗产税的避税措施，但考虑到继承这些中长期需求较少区域的长租公寓之后的负担，人们更应该认真考虑是否真的需要采取避税措施，还是只不过是自以为需要而已。按照现行制度，只要盖上房子就能降低固定资产税和遗产税的评估额，所以人们很难意识到空置率的问题。这个原因像'迁移农业'一样带来了住宅用地开发热潮。"

埼玉县吉见町，“比企 Neopolis”社区的空置房屋几乎完全被遮挡在庭院树木背后

第 4 章 过重的固定资产税和遗产税

被忽视的扭曲

从明治维新的地租改革说起

日本现有土地制度的原型，可以追溯到明治维新之后，政府将原来用米缴纳的“年贡”改为根据土地评估额用现金缴纳的“地租”。明治维新政府从1873年（明治6年）开始进行全国测量，取得了现行的土地登记制度和作为官方地图的“公图”等成果。通过这些措施，个人的土地所有权获得了承认，土地交易也得到了许可。根据土地价格征税，使政府获得了稳定的财源，此举与1871年（明治4年）的废藩置县政策[①]共同为明治政府提供了实现中央集权的原动力。

① 指明治政府在1871年废除了全国各藩，同一位府县，是日本建立中央集权政权的政治变革。

不过这项伟业仅持续了8年便匆匆结束，除了受到当时技术水平带来的局限，也留下了很多不足之处。地租起初是日本税收的重要来源，不过第二次世界大战结束之后，夏普建议书①极大地改变了日本的税收框架，地租在1950年被延续为固定资产税，成了地方政府的基础税收。这项稳定的财源不太容易受到经济形势的影响，为各地方政府构筑了重要的财政基础。然而如今，在少子化和东京单极集中趋势下，这项制度已经远跟不上土地价格的剧烈变动。在老龄化问题不断深化的地方，拥有现金收入的人越来越少，固定资产税成为沉重负担，这个巨大的阴影便是加重“负动产化”问题的重要因素。

现代的“武士留梦痕”②

吉见町位于埼玉县的中心地带，上述情况在这里已经充分显现出来。第二次世界大战以后，在20世纪60年代的经济高

① 1949年，以哥伦比亚大学教授卡尔·夏普为团长的税制使节团来到日本，并提交了“夏普建议书”，一般认为夏普建议书奠定了日本战后税收制度的基础。

② “武士留梦痕”为松尾芭蕉在旅途中走到平泉（现岩手县平泉町）时吟咏的俳句。平泉是奥州藤原氏兴起的地方，源义经在哥哥赖朝的追赶下委身于藤原秀衡之处，然而却遭到秀衡次子泰衡刺杀，年仅30岁。松尾芭蕉在奥州藤原氏灭亡500年之后造访此地，不禁慨叹夏天草木繁茂的景象与往昔的战事。全诗为：“长夏草木深，武士留梦痕。五月雨纷降，唯残一光堂。”

速增长期，日本各地都开发了很多住宅区。占地约 80 公顷的“比企 Neopolis”就是这个时代建成的。然而，13 个住宅区的总计 6 000 套房刚刚售罄，销售公司就倒闭了。随着从地方涌向城市的人口移动大潮，在东京的地价不断上涨的恐慌下，拼尽全力终于买到了房子的人们立刻陷入了困境，他们甚至连饮用水都得不到保障。这些情况被反映到了 1966 年 3 月召开的参议院预算委员会上，当时的建设大臣介绍道:“当地开发了一个约 80 公顷的住宅建设项目，房屋施工在一定程度上已经完成，分售住宅用地的划分工作也取得了很大进展。不过由于资金不足或其他什么原因，后续工程却没有顺利进行。”

接下来负责对接联系的办事人员进一步解释:“开发公司挖的水井（中略）无法提供足够的饮用水。目前相关公司使用运水车从东松山运水，来弥补住户们的用水缺口。”

在讨论过程中，建设大臣指出:“受住房短缺的形势所迫，近些年来，各地都争相建造住宅小区、开发住宅用地或者建设分售公寓，这些工作极度混乱无序（中略）针对由此带来的各种弊端（中略），我们已于 1964 年（中略）制定了相关法律，旨在规范住宅用地建设等工作。”

上述乱象丛生的开发热潮在日本各地问题频出，政府于 1968 年颁布了《城市规划法》，开始限制无序的胡乱开发。1975 年，吉见町也制定了城市规划，比企 Neopolis 所在地区被指定为限制开发的城镇化调整区域，已经完工的住宅用地被获准继续建造房屋，如今仍有2 000多户、5 000多人生活在这里。尽管如此，这一带的空地还是十分醒目，随着老龄化问题日益严重，空置的房屋也越来越多。因为有些地方确实建起了房子，所以这里也不能说是完全以骗钱为目的的原野诈骗。不过回想当年，拥有自己的房子就会被视为“一国一城之主”，而现在的光景却如此悲凉和荒芜，只能慨叹一句“武士留梦痕”了。

查无此人的信件

当年在这里买下不动产的人，现在都过着怎样的生活呢？打开闲置土地的登记簿，我们发现很多所有人从50多年以前买下土地之后就再也没有变过。他们当时登记的地址中，有一些地名和住址现在已不复存在，在谷歌地图中也检索不到。即使是寄给正常地址的信，也常会因为“查无此人”而被退回。我们给20来人寄了信，收到了其中一位住在东京都的60多岁男士的回信。

男士声称自己“还是30多年前去看过一次，希望最近能再去看看”。我们与他约好，在离这里最近的东武东上线东松山车站见面，然后开了十几分钟的车来到了附近。不过男士已经找不到属于他的那块土地的确切位置了，因为与 30 多年前相比，这里盖起了很多房子，景色完全变了样。最后我们根据土地编号，找到了一片用大谷石围起来的土地，面积约有 230 平方米。周围有 2/3 的土地建起了房屋，不过男士的土地附近都长满了杂草。

土地是男士的父母买下的，他们从地方来到东松山附近工作，原本计划在这里盖房，不过后来工作地点有变，土地就一直这样空着留了下来，最后在 1982 年转让给了当时 20 多岁的这位男士。男士曾考虑用它来盖房，就试着坐上电车来这里看看，结果光是从他在东京都内的工作单位到东松山站就花了一个多小时。周末的电车上有很多空座，不过他为了体验从这里上下班的感受，特意一路站着过来，感觉“每天这样上下班确实吃不消”。再说从东松山站到这里，还必须再坐 30 分钟的公共汽车，他最终放弃了在这盖房的念头。

关于固定资产税，男士告诉我们：“我的父母来自农村，特别看重土地。他们一直告诉我这里属于城镇化调整区域，不用缴纳固定资产税，所以就算不盖房子也不要卖掉。实际上，吉见町也确实从来没有要求我缴纳固定资产税。唯一有一次他们给我发通知，是要求我把杂草除掉。因为一起寄来的还有除草公司的广告，我就直接花钱请他们代劳了。这些年只有过这么一次，再就没有联系了。”

其实城镇化调整区域也是要收固定资产税的，后文会介绍他没有接到缴税通知的原因。

我们走在住宅区，发现也有一些空地把草除得很干净。我们询问旁边的住家，才得知因为附近有蛇，所以是邻居自己买来割草机，定期清理的。这位邻居现在感到最难办的是，另一栋相邻住宅的主人 3 年前去世了，但一直联系不到家人或亲属。他只能眼看着隔壁庭院里的树木恣意生长，毫无办法。我们走到附近，果然发现树木的枝叶已经遮住了房子，连屋顶的电视天线上都缠上了藤蔓。我们找来登记簿，看到这片土地的所有人登记的是另一个地址，从 1959 年之后一直没有变过。现在这栋木制二层楼房是 1975 年建造的，面积 120 平方米左右。房子看起来没有贷款，地址也没有改。然而那个地址如今已经不存在了，根本无从联络。

找不到所有人的土地成了垃圾场

可能有很多土地所有人都联系不上，我们在住宅区的一角看到了一块居委会立的牌子，上面写着："请土地所有人看到通知后联系居委会。"（照片 4–1）

居委会告诉我们，由于找不到所有人，这片地已经成了人们随意丢弃垃圾的场所，于是他们为了寻找所有人特意立了这

照片 4–1　居委会为了联系所有人立的牌子

块牌子。这片土地的所有人在 1965 年登记了一个东京都小金井市的地址，但那个地址编号现在已经不用了。

在住宅区里，我们还发现了很多被用作菜地的土地。

居委会负责人解释说："这些菜地之前都是空地，很多都是有人不愿意让这里长满野草而清理的，为了防止野草再长出来，就干脆种上了菜。如果所有人看到别人在自己的土地上种菜，说不定就会来抗议。那样的话我们也正好能找到他，顺便督促他尽到管理的义务，那就再好不过了。"

我们试着查看了一片被人当作菜地的土地的登记簿。所有人地址栏写着东京都丰岛区，是 1964 年登记的，现在已经没有这个地址了。像这种情况也确实没法要求别人征得所有人的同意才能在他的土地上种菜。

前文介绍了一位所有人曾和我们一起去看过他的土地，当时他说因为这里属于城镇化调整区域，所以从未接到固定资产税的缴费通知。然而，住在当地的人说他们都是按期缴纳固定资产税的。于是我们找到吉见町咨询，税务会计科先是回答“对住在外地的所有人也发送了通知”。不过我们围绕与固定资产税相关的另一个问题多次进行采访的过程中，他们又承认“没有建造房屋的土地是按照‘原野’标准处理的，所以没有通知所有人缴纳固定资产税”。

这里说的另一个问题是公图数据混乱不清的问题。登记簿必须根据公图确定土地所在位置。日本的公图是在明治维新后的地租改革期间制作的，仅用了 8 年时间完成全国的测量，原本就有很多不够准确的地方。我们在采访比企 Neopolis 社区的过程中发现，公图与实际之间的相差悬殊。

首先，有些土地在登记簿上的面积与公图不符，大小和形状都对不上，所以我们费了很多力气才找到（图表 4–1）。例如在小区里某个地方的公图上，面积约 175 平方米的“区划 1”看上去比 422 平方米的“区划 5”还要大，也明显大于约 248 平方米的“区划 6”。这里过去是山地，图纸可能不准确，而山地改造成住宅用地之后却仍旧沿用过去的图纸，所以完全不靠谱。

政府也知道这些图纸靠不住，于是从现行固定资产税制度开始实施的第二年，1951 年便重新进行地籍调查。但到 2018 年 3 月为止，整个日本的地籍调查只完成了 52%。北海道、东北地区、九州地区及中四国地区进展比较顺利，而关东地区、中部地区、北陆地区和近畿地区则大幅落后。各地方政府的进度也各不相同，吉见町只完成了 1%。地籍调查需要一边确认边界线一边测量，一旦开始就必须考虑到其工作量十分巨大并且非常棘手。从这一点也可以看出，明治政府在进行地租改革时只用 8 年就完成了测量，其工作方式是多么粗糙和敷衍。

图表 4-1　吉见町长谷地区公图示例（单位为平方米）

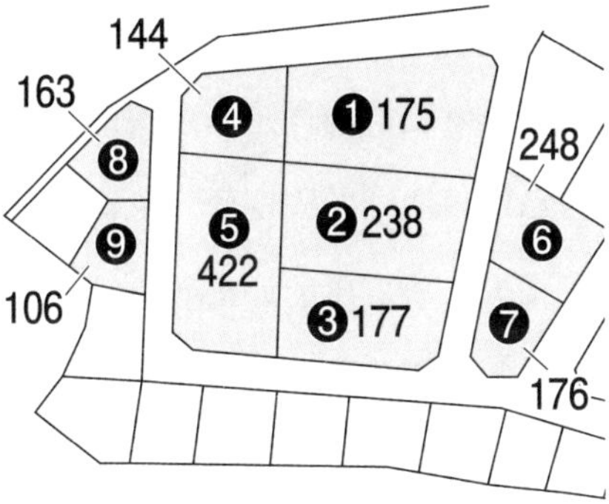

比企 Neopolis 的公图示例(《朝日新闻》2018 年 5 月 29 日）

粗制滥造的公图带来的危害

随门面宽窄而变的评估额

为了便于读者理解公图与固定资产税的关系，接下来介绍一下记者确认自己应该缴纳的固定资产税额的过程。固定资产税的应缴税额是根据土地房屋的评估额决定的。土地评估额会由于土地形状、是否临近公路、前后深度等条件的不同而相差很多。很多地方政府都依据公图判断这些条件，所以公图正确与否带来的影响要远大于我们的想象。记者发现，由于公图上的一个小小的误差，自己家多缴了固定资产税，因此获得了买下土地至今这 7 年期间多缴的几万日元退款。

这是由于公图上门面宽窄有误造成的。作为固定资产税的计算依据，土地房屋的评估额每隔 3 年都会重新确认一次。

2018 年正值重新确认的年份。在很多地方，人们可以在 4 月到 5 月期间，确认自己家及其他房产的评估额。记者来到当地税收部门，查询了附近土地及房屋的评估额，与自己家做了比较。他发现，自己家土地的评估额要比邻居家略高一些。两家共用通往大路的同一条小路，也就是所谓的“旗杆地”①，按说条件都是一样的，所以就去查询了一下为什么评估额会有不同。

负责人回答，“按规定不能告诉您邻居家的情况，不过我想应该是您两家土地临街部分的宽度不同吧。一般来说，门面更宽的房子评估额也会更高一些。”

门面指土地沿街这一条边的长度。旗杆地的门面一般都很窄，所以这种土地使用起来也不太方便。土地评估额的计算方法是用房产邻近道路的“固定资产税路线价格”乘以面积，旗杆地距离大路还有一段距离，小路也有路线价格，比大路便宜。用小路的路线价格乘以占地面积，另外再根据土地的形状和深度、门面宽度等条件做一些调整，就能得出评估额了。

其实，记者家的门面比邻居家更窄一些，每次把车开进院子都颇费功夫。记者怀疑是不是两家的宽度弄反了，负责人从办公室里面拿来了公图。他用比例尺在地图上量了量门面的宽

① 旗杆地指通过出入口处较窄的小路才能走到大路的土地，形状与挂在旗杆上的旗子相似。

度，说是“2.5 米”。如果土地的门面宽度超过 2.5 米，计算评估额时可以扣减 15%，而不到 2.5 米的话则可以扣减 20%。2.5 米正好是分界线，记者家与邻居家的不同应该就是这 5% 带来的。

不过如果门面宽度真有 2.5 米，记者每次开车进出应该就不会那么吃力了。于是他找出自己家盖房子时的图纸，发现上面写着门面的宽度是“2.09 米”。记者又拿着卷尺实际去量了一下，果然相差不多。他带着图纸来到相关部门，提出“请你们来我家跟我一起量一量”。

负责人的回答是：“我们不能采用当事人自己测量的结果，必须依据公图进行判断。不过实际测量的结果可能曾经报送过法务局，我确认一下。”

正式测量需要有邻居在场，必须在双方共同确认分界线的同时进行，因为不能说墙建在哪里，就把哪里当作分界线。记者希望负责人能找到报送给法务局的图纸，一直等着他们联系。几天后，相关部门果然打来电话，告知记者他们找到了 1981 年由于某些原因进行正式测量时报送的图纸。就这样，记者总算确认到自己家的门面不足 2.5 米，固定资产税也应该更少一些。

固定资产评估额到底该不该调整

下面再回到吉见町的问题。我们觉得比企 Neopolis 社区的公图太不可靠，恐怕无法作为调整固定资产税评估额的依据。对此，相关部门最初的回答是："城镇化调整区域的固定资产评估额只根据面积计算，没有进行调整。"

确实，调整评估额需要参考各种详细条件，而比企 Neopolis 社区的公图与实际情况根本对应不上。计算评估额时，除了要根据门面宽度或者纵向深度等进行减免之外，位于交叉路口或前后都临街的房子还需要加算，减免和加算的各种条件十分复杂。例如房屋上空有高压线，或者住宅用地中包含城市规划预计要修建道路的地方等情况也都会有减免。有一些调整是各市町村单独规定的，如埼玉县规定紧邻墓地可以减免评估额，如果墓地位于正南方可以按照 90% 计算，其他方位的则都按 95% 计算等。所以我们以为吉见町说不做调整也是出于自己的情况决定的。

不过在进一步调查的过程中，我们发现埼玉县宫代町过去计算城镇化调整区域住宅用地的固定资产税评估额时一直没有进行调整，但由于居民提出了异议，便于 2018 年 3 月宣布将过去 10 年多收的税金返还给大家。仅 2017 年度，其返还金额就有约 520 万日元之多，这是 1 121 人多缴的固定资产税。我们把这个事例传达给吉见町，吉见町承认，城镇化调整区域的固定资产税评估额也应该调整。

虽然吉见町表示今后也会向宫代町一样，返还多收的税金，但这里的地籍调查只完成了1%。各市町村实施地籍调查，可以由国家承担一半费用，各市町村和所在都道府县各承担1/4。不过国家预算要优先受灾地区重建等工作，2017年度可用于地籍调查的预算只有约110亿日元，因此并非所有地方政府都能如愿实施地籍调查。即使拿到了预算，也有很多土地找不到所有人，无法在相邻土地所有人见证下正式测量。可以想象，今后这方面的工作将面临诸多难题。

纰漏程度远超养老金记录问题

表面上看，固定资产税的征收工作由国家制定标准，再由各市町村在此基础上进一步制定详细规则，应该是十分细致周密的。然而在每年寄给纳税人的纳税通知单上，详细信息却被一律省略了。

埼玉市的通知单上只有前一年度和本年度的①固定资产评估额和②征税标准额，此外没有任何说明。实际上，①是用土地紧邻道路的“固定资产税路线价格”乘以面积，再根据土地与道路的位置关系等进行调整之后计算出来的，但纳税通知单上对路线价格和所做的调整都没有加以说明。如果在这里列出具体的调整过程，记者家遇到的错误也应该更早就能发现了。还有根据①得出②的计算过程，也只写了“属于住宅用地特例优惠对象”，纳税人完全不知道是什么意思。特例优惠其实是指，固定资产税可以按照①固定资产评估额的 1/6 计算，同时收缴的城市规划税按照 1/3 计算，通知单上连这一点也没有注明。

其实住宅用地的特例优惠经常会被遗忘。例如 2015 年，埼玉县羽生市发现之前一直没有按照特例优惠计算，于是向 99 人返还了过去 20 年里多收的总计 6 293 万日元税金。2013 年，同样属于埼玉县的本庄市也发现，2006 年 1 月与其合并之前的儿玉町的所有土地都忘了按照特例优惠计算，据说这个错误是儿玉町历代负责人一直延续下来的。像这种未按评估额的 1/6 或 1/3 计算的情况还算明显，纳税人也比较容易提出异议。但评估额的调整就要复杂得多，正如吉见町多年以来的做法一样，很多人根本都不知道有这个政策，所以浮出水面的问题恐怕还只是少数。

类似错误屡见不鲜，除了因为相关制度过于专业和复杂之外，还有一个原因是当地政府每两到三年就要进行人事调整，负责人经常变动。土地还比较好理解，处理房屋等问题还必须具备建筑方面的知识，就不太容易弄明白了。记者也曾试着以自己家的房子为例，向负责人请教税费的计算原理，不过最终还是放弃了自己去验证其对错的念头。

纳税通知单上写有应缴税额，固定资产税的应缴税额是用按照前面介绍的方法计算出来的交税标准额（②）乘以 1.4%，城市规划税是用②乘以 0.5%。纳税人从纳税通知单上只能看到自己必须要缴多少钱，根本无法确认这个应缴税额是否正确。迄今为止，大多数人都认为既然是政府的相关部门制定的，应该不会错，所以也没有仔细确认就去交钱。与日本的养老金记录问题一样，相关部门这种敷衍混乱的做法在某一天被曝光之后，立刻就会失去人们的信任。不仅如此，相关部门明知公图不准确，却仍旧用它作为征税的依据，这甚至比养老金记录问题还要过分。

不断扩大的城乡差距

实际价格是遗产税路线价格的 15.5 倍

实际上，计算遗产税和赠予税时，也要用到固定资产评估额。遗产税使用与固定资产税相同的房屋评估额，土地评估额要根据每年 1 月 1 日计算、3 月发布的公示地价来计算，即要先计算出全日本所有道路的路线价格，固定资产税路线价格按照公示地价的 70% 计算，遗产税路线价格按照公示地价的 80% 计算。也就是说，无论是遗产税，还是固定资产税，路线价格都是由公示地价决定的。政府每年公布公示地价时，人们都会比较关注最高价格，不过公示地价上涨并不一定单纯地意味着经济形势好转，因为它还会影响固定资产税和遗产税等。公示地价的计算方法也未必客观，因为与实际价格相比，地方的公示地价往往偏高，而城市则趋于偏低。

* * *

在神户市元町站附近的旧租界一带，漂亮的街边还保留着明治时代的怀旧风情，聚集了很多名牌专卖店。2017 年 5 月，这里建起了一栋三层建筑，承租人是驰名全球的意大利名牌 Prada 家族创办的时尚品牌“MIU MIU”（照片 4–2）。这片土地的所有人“投资公司 MIRAI”是专门向普通投资者募集资金进行不动产投资的房地产信托投资基金之一。该公司于 2016 年 12 月上市，同时以 63 亿日元的价格买下了这里。按照 384 平方米的面积计算，这片土地的价格为每平方米约 1 614 万日元。而 2017 年，MIU MIU 相邻道路的遗产税路线价格为每平方米 106 万

照片 4–2 位于神户旧租界的 Prada 旗下品牌“MIU MIU”

日元，也就是说，实际地价是遗产税路线价格的 15.5 倍。

不动产登记簿上登记的“抵押权”表示银行以该不动产作为担保提供贷款，“循环抵押权”表示以该不动产为担保能够获得贷款的上限额度。出现问题时，银行可以卖掉担保来回收贷款，但在其之后发放的贷款则有可能成为坏账。为了避免这种情况，金融机构会视抵押权和循环抵押权等情况决定是否发放贷款，因此我们可以根据循环抵押权等记录，追溯到土地在过去的评估额变化。

根据“MIU MIU”店铺所在土地在登记簿上的记载，1971 年三井银行（现三井住友银行）曾对该土地及建在这里的地上 11 层和地下 1 层建筑物设定了 1 亿日元的循环抵押权，并于第二年提至 1.8 亿日元。1984 年，三井银行又增加了 4.5 亿日元循环抵押权，并于 1987 年增至 6.5 亿日元。接下来在泡沫经济全盛时期，三井银行与太阳神户银行合并，合并后的太阳神户三井银行在 1990 年又增加了 2 亿日元的循环抵押权。至此，这快土地的累计循环抵押权已达到 10.3 亿日元。

虽然在那之后还有循环抵押权，不过担保物也是随之增加的，所以可以说，即使在泡沫经济期间，这片土地的单独价值也就是 10 亿日元左右。银行贷款一般按照不动产实际价值的 60%～70% 作为评估额，即使按照 50% 计算，这片土地的评估额最多也只有 20 亿日元。

被收益还原法拉高的房地产价格

那么，前面提到的 63 亿日元的价格是从何而来的呢。

这是用收益还原法估算的结果，收益还原法指根据租金评估不动产价值的方法，即用不动产获得的收益除以收益率，倒推出不动产价格。例如假设一套公寓每年的租金为 100 万日元，按照 5% 的收益率计算，那么该房产的价格就是 2 000 万日元。2015 年 7 月，即投资公司 MIRAI 买下这片土地的两年多以前，虽然当时连房子还没有建好，PRADA 的日本公司就与前所有人签订了租赁合同，每个月的租金为 2 700 万日元，而且从当年 10 月份就开始支付了。不动产鉴定公司就是根据这份租赁合同计算土地评估额的。

建筑物建好之后，地上三层总建筑面积为 963 平方米（292 坪[①]），MIRAI 公司以 4 亿日元的价格将其购入，继续出租给 PRADA 日本公司，租金维持不变，仍是每月 2 700 万日元。这里每年的租金收入是 3.24 亿日元，扣除物业费和固定资产税等费用，纯收益为 3.14 亿日元。按照该土地及建筑物的购入价格计算，每年的收益率约为 4.7%，在银行利率几乎为零的当今时代，这个收益率应该说还不错。

不过从商务大楼租金的角度来看，这里平均的月租金为

① 坪为日本明治时代开始采用的面积单位，1 坪 = 3.30578512 平方米。

每坪 9 万日元以上，要远远高于周围的行情。不动产信息公司 CBRE 的数据显示，在同一条街上，商务大楼租金最高的是一层，平均每坪每月 7 万日元左右，二层是 2 万日元左右。

针对这种情况，熟悉商务写字楼评估业务的不动产鉴定师解释说："高档专卖店对地址和店面的要求十分严苛，与周边行情没有太大关系。他们需要在这个位置打造符合品牌概念的店铺，所以才在楼房建好之前就签订土地租赁合同，又让 MIRAI 公司按照自己的要求建造楼房并承租下来。"

确实，像 PRADA 这样的大公司自然能付得起从一层到三层平均每坪 9 万日元的租金，不过这份合同的有效期到 2030 年 9 月，期满之后的情况就不好说了。即使按照年利率 5% 计算，按照收益还原法对土地和建筑物的投资也需要 20 年才能收回，所以 15 年的合同并不能说是完全高枕无忧的。

那么，不动产的评估额真的与周边的行情没有关系吗？我们调查发现，MIU MIU 在高档名牌云集的东京银座二丁目中央大街也有一家店铺。2016 年 3 月，另一家房地产信托投资基金"日本房地产基金"公司将与这家 MIU MIU 专卖店相邻的楼房买了下来。

东京的不动产鉴定师阿南逸郎先生曾经研究过 200 多件房地产投资，他对 J-REIT 的不动产评估很感兴趣。阿南先生分析了该处房产的鉴定评估信息，发现其价格为每平方米约

6 200万日元，相当于神户MIU MIU的3.8倍。从路线价格来看，银座二丁目中央大街为每平方米2 126万日元，是神户（106万日元）的20倍。银座的这处不动产价格是路线价格的2.9倍，而神户是15.5倍，所以以路线价格为标准的话，神户房地产的实际价格要比银座贵5倍。

阿南先生提醒大家："路线价格一般是公示地价的80%，实际价格大概会比公示地价贵出一成左右，所以2.9倍的价格就已经很高了，而高出15倍更是不可理喻。房地产信托投资基金这种无视周边行情的评估方法可以说也是一种泡沫。我很担心日本会重蹈覆辙，在房产的鉴定评估过程中产生泡沫。"

"别动队"用700亿日元重新买了回来

MIU MIU还有一家店面位于东京都港区的表参道车站附近。这家店铺由著名瑞士建筑师组合"赫尔佐格和德梅隆"设计，他们曾为北京奥运会设计了鸟巢国家体育馆。这家MIU MIU共两层的店铺前遮挡着一个巨大的屋檐，外观十分醒目，让人忍不住想走进内部一探究竟。

整个建筑物占地700平方米，包括地上两层和地下一层，2017年5月底过户到当前所有人名下。

现在的所有人是一家叫作"PABE-RE合同会社"的公司。

“合同会社”是一种全新的公司形态，出现于 2006 年，因为不用公开财务报表，设立过程比较简单。不过 PABE-RE 公司 2015 年才成立，资本金只有 100 万日元，竟然能从由三井住友银行等两家超大型银行和三家地方银行组成的银行团获得总计 100 亿日元的贷款，从而买下此处房地产。

不过其实说来也不足为怪，因为 PABE-RE 公司的地址与 PRADA 日本公司相同，都是位于南青山一丁目的大厦，3 位代表人当中，一位是 PRADA 意大利总部的首席执行官帕特里齐奥·贝尔泰利，还有一位是 PRADA 日本公司的社长大卫·塞西亚。这样看来，PABE-RE 其实就相当于 PRADA 公司的一支别动队。

其实 2015 年 7 月，在 PABE-RE 公司刚成立一个月后，就曾买下紧邻 MIU MIU 青山店的 PRADA 旗舰店的土地和建筑物，然后也请“赫尔佐格和德梅隆”在约 1 000 平方米的土地上设计了地上七层和地下两层建筑，整个外壁都由玻璃幕墙组成。

从登记簿上可以看到，PRADA 日本公司曾在 1999 年买下这片土地，于 2003 年盖起旗舰店，不过后来在 2004 年，他们将土地和建筑物一同卖给了一家实际上是由香港的不动产公司所有的特殊目的公司（SPC）[①]。13年之后，PABE-RE公司又把这里买了回来。关于这笔交易，PRADA 相关人员证实，2004年的售价是 100 亿日元，而 PABE-RE 公司再次买回来则花了700 亿日元。

PRADA 日本公司和不动产公司都拒绝了我们的采访，均表示对此次交易的细节“无可奉告”，不过在这家特殊目的公司的官方资料中，财务报表都是公开的。

六家银行联合提供 360 亿日元贷款

我们首先比较了这家特殊目的公司购买 PRADA 旗舰店前后分别于 2004 年 3 月和 2005 年 3 月公布的财务报表，发现其土地资产增加了约 94 亿日元，还多了一项之前没有的自有资产，是金额约为 17 亿日元的房屋。也就是说，该公司增加了共 110 亿日元资产。后来，他们在 9 月份也会公开财务报表，在卖掉旗舰店的 2015 年，还曾在 7 月 15 日交易当天也公开了财务报表。与同年 3 月 31 日相比，这份报表中的有形固定资产减少了约 107 亿日元，这个金额可以视作他们当时购入旗舰店的账面价格。在此期间，纯资产增加了 569 亿日元，应该是

① 特殊目的公司指境内公司或自然人为实现以其实际拥有的境内公司权益在境外上市而直接或间接控制的境外公司。

旗舰店的售价与账面价格之间的差额。也就是说，售价很有可能与二者之和接近，即 676 亿日元，这也说明前文提到的内部人士的信息比较可靠。

实际上，三井住友银行等六家银行组成的银行团以此处土地和房屋为担保，提供了 360 亿日元的共同贷款，因此售价最低也不会低于这个金额。

2004 年，PRADA 旗舰店的房屋价值似乎还不到 20 亿日元，就算全球顶级建筑师的设计能使其增值到 300 亿 ~ 400 亿日元，土地价格也不会低于每平方米 3 000 万日元。旗舰店邻近道路的路线价格是 319 万日元，也就是说，土地的实际价格相当于路线价格的 10 倍。

接下来，我们再回到 141 页谈到的房地产信托投资基金对不动产的评估方法的问题。

前文提到的不动产鉴定师阿南逸郎先生介绍，房地产信托投资基金对很多房地产的评估额都是路线价格的 3 ~ 4 倍，尤其是与酒店相关的一些房地产甚至会被评估到 10 倍左右。

位于大阪市浪速区的难波微笑酒店（Smile Hotel Namba）邻近地铁千日前线和阪神难波线的樱川站以及南海汐见桥线的汐见桥站，交通十分便利。2016 年 3 月，房地产信托投资基金 Star Asia 房地产投资公司以 17.5 亿日元买下这家酒店，土地价格约为每平方米 339 万日元，而这里的路线价格为 32 万日元，也就是实际价格相当于路线价格的 10.6 倍。还有另一家房地产信托投资基金 INVINCIBLE 投资公司于 2014 年 6 月以 48.7 亿日元买下千叶县浦安市的舞滨 MYSTAYS 酒店，土地价格约为每平方米 200 万日元，这里的路线价格是 20 万日元，因此也是 10 倍。此外，东京都江东区的酒店为 9.7 倍，东京都中野区的酒店为 8.8 倍等，距离市中心稍远一点的酒店评估价格都比较高。针对这种情况，持有这几家酒店的房地产信托投资基金解释说："酒店的顾客主要是来日本的游客。从外国人的视角来看，只要能到达景点，酒店是否位于市中心并不重要。所以即使位置稍远一点，只要能保持运转率，利润就会增加，所以评估价格也会很高。"

对于有些酒店，他们会与运营公司签订浮动价格合同，根据实际收入来决定租金，这种房地产的评估额一般都会比"固定租金"房地产更高一些。如果酒店的营业额或者运转率等业绩较好，便会在租金中体现出来，所以按照收益还原法计算的话，评估额就会更高。

资金过剩抬高了城市地价

日本银行的相关数据显示，2018 年 3 月末，银行发放给不动产的贷款余额是 76.5 万亿日元，创出了历史新高。在所有产业当中，不动产行业的贷款占比最高，为 15.5%。这表明，在超低利率之下，找不到投资方向的资金通过房地产信托投资基金等渠道流向房地产，从而推高了土地价格。

20 世纪 80 年代后半期，日本出现了泡沫经济，其主要原因是银行等金融机构无法从传统企业中找到贷款客户，便转为通过不动产贷款寻找出路。后来，泡沫经济崩溃，地价暴跌，不动产公司破产倒闭，导致不良债权堆积如山。与当时不同的是，现在出现了专门投资不动产的房地产信托投资基金等金融产品。购买不动产的基金被转化为“股票”，卖给投资者，不动产公司便可以避免房地产贬值的风险，银行也是在房地产信托投资基金将股票销售出去时就能收回贷款，也不必担心贷款变成不良债权。

2008 年金融危机导致日本的房地产信托投资基金价格暴跌，不过日本银行从 2010 年开始大量购买房地产信托投资基金，有了中央银行的背书，投资者也便放心下来。在泡沫经济时期，日本银行曾对面向不动产行业的贷款采取总量限制，如今却将实现通胀目标作为最优先的工作，在 2014 年 10 月宣布将房地产信托投资基金购入额从 300 亿日元提高到 900 亿日元，作为金融宽松政策的措施之一。

有了日本银行的保驾护航，“无风险化”的房地产信托投资基金为金融宽松政策带来的过剩资金提供了出口，收益还原法正如雪中送炭，可以向人们证明，不动产投资利润丰厚，并且确实拥有实际价值。

由于土地实际价格上涨，路线价格却没有随之上调，各地之间的价格差距今后将进一步拉大。如果根据实际价格计算固定资产税，不动产的持有成本势必大幅提高，土地价格上涨便会受到一定牵制。既然有能力买下“天价”土地，自然也应该能付得起相应的税费，然而实际上这个负担被控制在较低水平，所以房地产信托投资基金便一直发挥了承载过剩资金的作用。

固定资产税枷锁

希望税务部门更认真一点

在城市，固定资产税和遗产税远远没有跟上地价急剧上涨的步伐，但地方城市的现实问题却是，税收都是根据高于实际价格的评估额计算出来的。因此对有些人来说，继承不动产已经不再像过去一样，是令人高兴的好事了。原本就派不上用场的土地，税费负担远远大于使用价值，这也加速了“负动产化”发展。

2015 年，在千叶县船桥市从事律师代书工作的石井友子女士（49 岁）收到了税务部门寄来的一份文件。她打开一看，原来是“遗产税申报通知”。

半年前，父亲去世之后，她继承了位于房总半岛南端千叶县馆山市的山地和别墅等遗产。税务部门寄来的文件中附带了一张表格，可以把父亲持有的不动产、股票和存款等内容填写进去，计算出是否这些遗产属于应该缴纳遗产税的对象。

石井女士说：“我一直以为只有有钱人才需要缴纳遗产税。我太大意了，虽说父亲名下有土地，但都是一些山地或菜地，根本没有什么价值，所以就没有放在心上。”

石井女士从来没想过父亲的遗产也会成为遗产税的征税对象，所以对这份文件的到来十分吃惊。父亲共有 5 名法定继承人，是石井女士的母亲和 4 名子女。按照规定，遗产中有一部分可以不用交税，叫作“基础扣除”，计算方法是在 3 000 万日元的基础上，加上 600 万日元乘以法定继承人的人数（5 人）得出的金额，也就是说，石井女士家的基础扣除额为 6 000 万日元。

引发此次争议的是一部分土地的评估额。除了建筑房屋的“住宅用地”之外，土地还会根据使用情况分为“水田”“旱田”“牧场”和“山林”等不同类型。土地类别不同，评估额会有很大不同。石井女士父亲留下的遗产中，有一片 1 500 平方米的土地，她认为大部分都属于山林，但由于这里建了一栋约 80 平方米的别墅，所以整片土地都是按照住宅用地计算的（照片 4–3）。住宅用地的固定资产评估额高于山林，被市政府评估为约 1 200 万日元，完全出乎石井女士的预料，遗产总额超过了 6 000 千万日元的基础扣除额。用超出基础扣除额的部分乘以一定的税率来计算，石井女士和家人一共需要缴纳约 100 万日元的遗产税。

缴过遗产税之后，石井女士本想卖掉这里，却迟迟找不到买家，最后只好以 120 万日元卖给了当地的不动产公司。不动产公司说，“这里的别墅区不靠海，基本上都没有什么交易，不过看到石井女士特别想卖，我们还是接了下来。”

照片 4-3　以评估额 1/10 的价格卖掉的千叶县馆山市的别墅和土地

售价只有遗产税评估额的 1/10，其他继承人卖掉的不动产售价也都低于评估额。如果评估额与实际售价相同，她们就不需要缴纳遗产税了。

石井女士认为，如果评估额反映实际价格，遗产总额就会处于基础扣除额范围之内，也就是说，她们承担了本不需要承担的遗产税，于是在 2017 年 7 月要求税务部门返还遗产税。税务部门同意返还一半左右的税款，但石井女士无法接受这个结果，又在 2018 年 3 月申请复议，她介绍自己的想法说："纳税是我们的义务，只要是按照正确价格计算出来的，无论多少钱我都会交。不过我希望税务部门能根据实际价格认真地评估。"

在馆山市从事不动产行业的池田康弘先生（50 岁）说："这一带以前作为别墅区曾经很受欢迎，不过如今人口过疏化现象越来越严重，除了海边，几乎没有人会去买了，现在很多人的土地和房产都是想卖也卖不出去。土地离车站前面的中心地带越远，遗产税评估额与实际价格相差越多。"

税收和过户负担过重

过去，山被视为"宝藏"，不仅能培育树木，生产木材，为日常生活带来必不可少的能源，还能提供蘑菇和野菜等山间的美味。然而随着经济增长带来的产业结构变化，从事第一产业的人越来越少，懂得山地和田地价值的人也越来越少了。政府在征收固定资产税时，即使是没人使用的山林和水田或旱田，也都要确定评估额来征税。这让人们愈发不愿意持有山林，使山林更加荒废。

高知县大丰町位于四国地区的山地中央。从高知市驱车 30 分钟，下了高速就能看到坐落在幽深山谷中的町政府。大丰町面积相当于东京 23 个区加起来的一半，90% 都是遍布杉树和日本扁柏的山林，星星点点的村落和农田都像紧紧地贴在陡峭的山坡上一样散布其间（照片 4–4）。

照片 4–4　一位女士指着她在大丰町持有的山林所在的方位

20 世纪 70 年代，林业蓬勃发展时期，这里的人口曾经超过 1.2 万人，然而最近的数据显示，2018 年 4 月，大丰町人口已经不到 3 500 人，65 岁以上的老人占比超过 56%，大丰町已经成了“濒危村落”[①]。

① “濒危村落”是日本特有的概念，指由于人口减少等原因，总人口的 50% 以上都是 65 岁以上的老人，婚丧嫁娶等社会共同生活和村落存续面临困境的村落。

记者听说有一位女士在丈夫去世后继承了山林，便开车从町政府继续开往山里的方向。从町政府向前，沿着吉野川再向前开了 15 分钟左右，就到了我们想去的地方。这里针叶林密布，周围是一片深绿色的幽静美景。

在路旁的一个小村落里，这位女士（71 岁）经营着一间小小的商店，独自生活。2016 年 9 月，她的丈夫因突发疾病去世，40 公顷的山林和房屋便由她继承下来。山林的面积相当于 8.5 个东京巨蛋体育场，不过女性并没有亲自去看过。继承遗产需要约 45 万日元过户手续费等，此外每年还必须缴纳约 30 万日元的固定资产税。

“我的丈夫在这里出生，又在这里长大，他特别喜欢山，不断买下山地，面积也越来越大。他这个人责任心特别强，只要有别人不想要的山地，他都会去买下来。我丈夫生前一直亲自打理这些地方，他走了以后也不能就这么放着不管。间伐和剪枝都需要雇人来做，如果想采伐木材出去销售，还必须修整向外搬运的路。所以现在一直都是在花钱。”

女士的三个孩子都不住在大丰町。丈夫去世以后，有两个孩子放弃了继承权，遗产都由她和二儿子继承。想到将来，女士非常担忧：“我听说银行贷款都不能用山地做担保。我的儿子是上班族，靠他的工资来支付每年 30 万日元的固定资产税，负担实在太重了。我死了以后可怎么办呢？你们有什么好的办法吗？”

山地要管理好了才能有价值

我们采访了大丰町町长岩崎宪郎先生。岩崎町长采取了很多招商措施，希望能引进木材加工公司来振兴林业，增加年轻人的就业机会。

他告诉我们：“在过去，山地可是‘宝’。山地能产生很多价值，以前居民们靠山林和水田、旱田的收入就能维持生活。大丰町还曾经盛行过养蚕，销售额最多时曾达到过 5 亿日元呢。可现在有人想把山地留给孩子，孩子却会拒绝，说‘我们不要，您还是捐赠给町里吧’。”

从 2017 年 4 月起，大丰町开始实施相关制度，接受人们捐赠的山林。如果分散各处的私有树林能与大丰町所有的树林连成大片土地，就可以统一进行植树、间伐和采伐等作业，这样更好控制工序和成本，利于振兴林业。不过他们面临的困难是，一半所有人都不住在大丰町，还有一些土地根本就找不到所有人。

町长说：“山地作为公共产品，在治水和景观等方面也具有重要价值，但是这些价值必须好好管理才能发挥出来。找不到所有人，地方政府也无法深入管理。我们需要一些制度，才能更好地利用那些找不到所有人的土地。”

从开始接受捐赠到现在，已经过了一年半的时间。大丰町提供的资料显示，这期间共有 4 个人捐赠了总计约 2 万平方米的山地。

还有一些所有人不明土地阻碍了公共建设，支援区域社会建设的老年人通过自己的关系网，费尽周折总算找到了继承人。不过大丰町的人口预计到 2060 年时将不足 1 000 人，等老年人都不在了，大家又该拿这些山地怎么办呢？

“死者”的负重转嫁到继承人身上

找不到所有人的山林确实是地方政府烦恼的根源，不过对于评估额超过一定金额的不动产，他们其实是知道应该找谁缴纳固定资产税的。即使所有人去世后家人没有继承其土地或房产，地方政府也会从继承人中指定代表，要求其缴纳固定资产税。税务人员把这种做法叫作“亡者征税”，即使由于纠纷等原因没有过户，继承人代表也必须承担这项重负。

从千叶县的 JR 我孙子站出发，步行 6 分钟左右，穿过密集的公寓和民房，可以看到很大一片围在围墙里的地方（约 700 平方米）。地面上建有住宅和兼做店铺及仓库的房子，不过实际作为住所使用的面积只有整片地的 1/10 左右。

这里每年需要缴纳的固定资产税和城市规划税约为 36 万日元，由一位从事个体经营的男士（63 岁）的 80 多岁的老父亲承担。这儿一共住着三代人，土地的名义所有人还是男士的祖母，她早在 80 多年前就已经去世了。祖母过世之后，亲属之间未能达成一致，导致在没有办理继承登记的情况下，法定继承人越来越多，现在已经接近 70 人。他的父亲只是其中的一位。

固定资产税不会因为名义所有人去世就得到免除。地方政府还可以通过“亡者征税”的办法，从法定继承人中找一个“代表”，要求他代替已经去世的名义所有人交税。这里的代表就是男士的父亲。老人曾经找律师咨询能否把土地过户到自己名下，不过律师表示很难获得所有继承人的同意，只得作罢。

如果把用不到的多余土地卖掉，负担就能大大减轻，但他们几乎不可能找到所有继承人，与他们取得联系。男士叹息：“等父亲去世了，就该轮到我来缴税了。这片土地永远也不会归我所有，我就当是向政府缴纳租金住在这里吧。”

再将来这里还将由他的儿子继承，可是仔细想想，身为上班族的儿子恐怕终究无法承担这份重负吧。

“这样下去，全日本到处都将是想卖也卖不出去的土地，说不定哪天就成了‘遗产自杀’或者‘不动产自杀’的时代了。”

“亡者征税”还能持续多久

在人口稀少的地区，亡者征税的方法也变得难以为继，整个不动产登记制度都失去了存在意义。在高知县的四万十町，目前已知的名义所有人已过世的土地面积多达全部土地的15%。四万十町的税务科长松田好文先生也是这种不动产的法定继承人之一。他的祖父于1983年去世，12个孩子没有办理继承过户手续，空房子至今仍在祖父名下，继承人已经超过了20人。

松田科长说：“要办理过户手续，必须获得全员的同意。我听说有些亲戚远在巴西和西班牙，要取得所有人的同意几乎是不可能的。”

如果根据土地房屋评估额计算出的“征税标准额”低于一定标准，就不需要缴纳固定资产税了。规定的免征标准是土地30万日元、建筑物20万日元。几年之前，松田科长家的空房子高于这个标准，所以他一直作为继承人代表缴纳固定资产税。

松田科长对此的感想是：“很多当地出生的人即使去了外地，也会按照要求缴税，但他们的子女或孙辈们从来没有在这里生活过，以后这样的继承人越来越多，我们也就很难得到他们的理解了。”

为固定资产税打官司的日式旅馆

固定资产税扭曲了日本的土地制度，催生了负动产问题，但对市町村来说，独立财源的一半都来自固定资产税以及同时征收的城市规划税，因此迟迟未能采取改革措施。不过过于依赖固定资产税来维持地方政府运转，又会使原本就失去了魅力的不动产进一步贬值，加速地方的衰退。如今各地都开始质疑税收负担的影响。

在栃木县那须盐原市的盐原温泉，离温泉街稍远一点的地方，有一家叫作“汤守田中屋”的日式旅馆。多年以来，他们一直为固定资产税的沉重负担所苦。

这家旅馆创立于 54 年之前，2015 年接待的旅客人数为 1.3 万名，与泡沫经济的高峰时期相比，减少了一半左右。2015 年，“汤守田中屋”向市政府缴纳了 259 万日元固定资产税，大部分是房屋部分的税金。他们想改变客房布局，但无奈税负过于沉重，已经没有多余的钱可以用于投资。

田中三郎社长（58 岁）因为房屋固定资产税过高，曾于 2015 年提起诉讼，要求市政府降低税负。

房屋的固定资产评估额会依据总务省制定的规则，每 3 年重新计算建造同样房屋需要多少钱（重建价格）。虽然评估额会随着房屋房龄的增长减掉相应的金额，但物价上涨时不但不会减少，甚至还会增加。此外，只要房屋仍在使用当中，都要按照重建价格的20%进行评估。在60年之内，钢筋混凝土建筑的评估额会逐渐降低，不过即使到了60年之后，也仍旧需要按照新房价格的20%纳税。无论位于车水马龙的大城市，还是人烟稀少的深山里，同样的房屋原则上都要缴纳相同的税额。

2014年，总务省发出通知，规定在某些条件下，高尔夫球场的俱乐部会所和大型商业设施等可以根据所在地区的经济形势下调固定资产评估额。并非只有上述两种建筑可以作为特殊情况减少税负。总务省制定的固定资产评估标准规定，只要所在地区的经济环境恶化，任何行业的房屋都可以减少税额。

因此，田中社长提出，当地游客减少，需求低迷，应该按照规定降低旅馆的评估额。

宇都宫地方法院在一审判决中认同了田中社长的要求。当地旅馆住宿人数减少了31%，标准地价也降低了约46%，因此法院认为可以认定为“房屋的市场价值降低”，应该将其固定资产评估额下调15%。

然而2017年11月，东京高等法院在二审判决中推翻了一审判决，驳回了田中社长的要求。理由为当地有多家旅馆陷入破产，但换了经营者之后又得以继续经营，因此“难以直接认定房屋价值降低”。田中社长表示“无论如何难以接受”，并上诉到最高法院，但还是被驳回了。

关于打官司的决定，田中社长说："我认为全国有很多经营者都在苦苦挣扎，却没有人提出抗议，这就是我打官司的动力。明明没有多少利润，固定资产税却一直这么高，这种情况难道不是很奇怪吗？政府不根据市场需求的变化给予适当减免，我们就经营不下去了。"

对于二审判决，那须盐原市的负责人表示："如果维持一审判决，不但我们的税收会减少，恐怕还会波及全国其他旅游地。"

总务省的数据显示，2015 年，全日本只有 55 个市町村"根据房屋的需求情况相应地下调税额"，占总数的 3.2%。是否下调税额，实际上由地方政府决定，地方政府希望维持税收，这一点的影响不容忽视。

一味迎合政府的"预估价"

地方政府对固定资产税的依赖还会影响地价评估。

公示地价是计算固定资产税的依据，由国土交通省的土地鉴定委员会在每年 1 月 1 日评估，并在 3 月份公开。

为此，他们要从前一年的 8 月份开始相关作业。全国共设有约 2.5 万个地点，由 2 500 名鉴定师参加评估，每个地点由两名不动产鉴定师负责计算。全日本分为约 170 个地区进行这项工作，每个月会召开一次分科会。其中 12 月份召开的第 4 次分科会最为关键，也被叫作“笔记交换会”。参会者在这里能拿到一份一览表，醒目地标着“请严格保密，仅限评估员使用”，上面是每位鉴定师计算出的“预估价”。

有一位鉴定师向我们透露了评估的真实情况，他说：“可能大家觉得地价是根据交易数据等各种信息综合评估出来的，但其实并不一定碰巧都能找到交易数据。‘预估价’在计算过程中经过分科会多次调整，必须顾虑最有影响力的鉴定师的意见，他们一般被称为‘干事’。‘干事’与地方行政部门打过多年交道，深谙对方的想法。地方鉴定师的工作几乎全部来自行政部门，所以行政的意见是至高无上的。”

就这样，鉴定师们制定的公示地价完全脱离地方不动产市场行情，连亲人都不想继承的“负动产”也会被确定高额的固定资产评估额，并据此计算固定资产税和遗产税。为了地方的活跃发展，根植于明治地租的固定资产税也亟待改革。

法国圣但尼镇繁华区推行的废旧公寓修缮和重建工作

第 5 章

负动产还能起死回生吗

法国南部科西嘉岛的“负动产”

半个岛屿都是所有人不明土地

在近代，最早下令在全国范围内实施地籍调查的是法国皇帝拿破仑一世。“拿破仑地籍”不仅在欧洲意义重大，对日本明治时期进行地租改革也带来了重要影响。如今，拿破仑的故乡也和日本一样，面临着“负动产”的问题。

从法国首都巴黎乘上飞机，一个半小时以后便能到达法国南部的科西嘉岛，这里作为拿破仑一世出生的故乡而闻名。科西嘉岛位于地中海的环绕之中，一望无际的湛蓝天空和巴黎冬天的阴郁景象形成鲜明的对比。欧洲各地的游客都会在假期来到这里，享受美丽的街道和蔚蓝的海滨，以及美味的海鲜（照片 5–1）。

照片 5-1　法国南部科西嘉岛最大城市阿雅克肖的港口

我们听说科西嘉岛也正面临着与日本类似的问题，有些土地在所有人过世之后，没有办理继承过户登记，很多地方都成了所有人不明土地。整个岛屿的面积与广岛县相差不多，据说有一个时期，几乎有一半土地都联系不到所有人。科西嘉岛拥有得天独厚的环境和资源，怎么也会出现没有人愿意交易的“负动产”呢。我们怀着半信半疑的心情进行了深入采访，随后发现了一些关于科西嘉岛的事实。过去这里曾经有 40% 的居民都因贫困而不得不外出打工，现在“负动产”的存在又严重妨碍了这座游客川流不息的岛屿的开发。

大约 200 年前，总督看到岛上居民生活困苦，曾破例允许这里免征遗产税。进入 21 世纪之后，国民议会讨论了这一特例带来的问题，法国政府也不得不开始认真地考虑对策。最终，法国政府推出了“三件法宝”，即①动员全国力量调查所有人不明土地的真实情况；②放宽民法上的规定来推动登记工作；③在税收方面采取优惠措施。经过这一系列政策措施的实行，到 2017 年为止，科西嘉岛的所有人不明土地减少了 20%，这个地中海小岛终于朝着脱离“负动产”的方向迈出了第一步。

民法与税法双管齐下

2017 年 3 月，当地出台了一项具有划时代意义的法律，旨在解决岛屿上的所有人不明土地问题。这项法律限期 10 年，包括民法和税法两方面的内容。民法方面，它放宽了取得时效[①]的条件，对于由多人所有的共有土地的处理也由原来必须获得全员同意改为只要三分之二所有人同意即可。在税收方面，这项法律允许减免 50% 的赠予税。

按照修订之前的法律，专门有一个部门负责统一处理所有人不明土地的继承人及其所在地等登记信息，在 10 年期限之内，允许减免 50% 的遗产税。新的法规进一步加强了这方面措施，力图促进所有人不明土地问题的解决。

① “取得时效”与“消灭时效”相对，指在法定条件下，持续占有他人财产一定期间后可以取得该项财产所有权的制度。

法国的国民议会相当于日本的国会，前议员卡缪先生向国民议会递交了议员立法提案，他解释说："所有人不明土地已经严重阻碍了科西嘉岛的发展。无论是想规划农业用地，还是想修建道路，都会由于找不到所有人而无法沟通土地的收购事宜，这个问题非常严重。不过办理过户手续既费时间，又要花钱，人们确实也很不愿意配合这项工作。要让大家行动起来，必须为他们提供足够的动力。"

住在阿雅克肖的办公室职员阿诺特·科斯坦蒂尼先生（32岁）是新法规的受益者之一。

他的祖父保罗（97岁）与其哥哥（已故）曾经口头约定，一起继承曾祖父的一片别墅用地（照片5–2）。曾祖父于1974年去世，但由于没有确认土地所有权所需的证明资料，他们一

照片 5–2　科斯坦蒂尼先生曾经很多年都未能继承曾祖父所有的别墅用地

直未能继承。

按照修订之后的法律，他们可以把表示占有土地的公证人制作的公证书张贴在地方政府等处，附上相关人员的证言和地籍的相关资料，只要 1 个月之内没有第三者提出异议，他们就可以办理取得时效的登记手续了。根据这项制度，他们终于有望通过相关手续继承这片别墅用地了（照片 5–3）。

照片 5–3　科斯坦蒂尼先生（右）向公证员咨询如何继承曾祖父的别墅

公证员玛丽安·皮耶里女士为科斯坦蒂尼先生办理了继承过户手续，她高兴地说："以前这个程序可能需要好几十年的时间，现在顶多几年就能完成了，真是太便利了。"

科西嘉岛地区公证员评审会的艾伦·斯潘多尼会长（68 岁）回顾了科西嘉岛过去的贫困历史，他告诉我们，正是由于这个原因，当地人一直就有亲戚之间共同持有不动产的习俗。1962 年阿尔及利亚战争结束之后，很多外出打工的岛上居民选择回到这里。不过由于缺少能够证明不动产所有权的资料，他们无法办理过户手续。科西嘉岛作为旅游胜地和农业用地的价值得到关注之后，这个习俗便彻底成了阻碍经济发展的因素。

从 20 世纪 90 年代起，斯潘多尼先生一直通过向政府提交申请，参加游行请愿等形式，致力于让政府采取特别措施来解决科西嘉岛的所有人不明土地问题。

“我这么多年的努力终于换来了今天。设定税收优惠的期限和放宽民法规定就相当于敦促人们办理过户手续的‘胡萝卜和大棒’。我们公证员总算有了与所有人不明土地战斗的‘武器’。”

源自大革命时期的所有人不明土地

科西嘉岛“负动产”的历史可以追溯到遥远的法国大革命时期。当时法国实行的规定是，土地所有人去世之后，如果亲属没有在半年之内申报遗产税就要被处以罚款。不过大革命发生不久后的 1801 年，科西嘉岛的总督不忍看到岛上居民陷入困苦的生活，于是批准了特例，即使没有及时申报也不会处以罚款。这样一来，所有人去世之后也不去办理过户的土地自然就多了起来。

人们到岛外打工赚钱的潮流也助长了这种情况。在 1880 年前后，科西嘉岛的总人口为 27 万人，到 1960 年几乎减少了 1/3。没有办理继承过户手续的土地，到了子女和孙辈时所有人的数量会按几何级数增长，这些继承人的姓名和地址都无处可寻。和日本一样，这里也有所有人超过 100 人的土地，人们想卖掉土地时，甚至不知道该去找谁交涉，土地也就变成了“负动产”。

进入 21 世纪以后，法国政府开始认真研究对策。在国民议会上，延续了 200 多年的“岛屿特权”受到了质疑，不申报遗产税也不会被处以罚款的规定违反了整个国家的公平原则，这种做法于 2002 年被废止。

设立专门机构统一管理信息

政府首先采取的措施是设立专门机构 GIRTEC，掌握所有人不明土地的整体情况，并统一管理过户登记所需的相关信息。GIRTEC 设立于 2006 年，由 8 名负责办理继承过户手续的前公证员和信息系统专家组成，之后的 10 年期间，他们从政府获得了总计 1 200 万欧元的预算。

我们来到了位于科西嘉岛最大城市阿雅克肖的 GIRTEC，

所长保罗·格林梅尔蒂先生、公证员安·贝尔德拉女士和系统工程师克里斯托弗·伯根先生热情地接待了我们（照片 5–4）。

照片 5–4　管理过户信息的专门机构 GIRTEC 的克里斯托弗·伯根先生、安·贝尔德拉女士和保罗·格林梅尔蒂所长（从左至右顺序）

贝尔德拉女士给我们看了东京财团政策研究所吉原祥子女士关于所有人不明土地撰写的一篇论文，说是从网上找到的。她说："我之前觉得不可思议，为什么日本的报社记者会为了不动产问题不远万里地来到我们科西嘉岛采访。看了这篇论文，我真是大吃一惊，原来日本居然也面临着与我们完全相同的情况。希望我们的经验能为你们解决问题提供一些参考和帮助。"

GIRTEC 成立之后，用了 5 年时间来整理拿破仑时代以来的地籍和土地所有人信息，建立了数据库。这样一来，只要在计算机上输入土地编号，就能够查询到每一代的所有人了。

用这个办法，在代办过户手续的公证员前来要求查询和确认资料时，他们立刻就能得知这块土地是否属于所有人不明土地了。与日本不同的是，得知某一块土地为所有人不明土地后，GIRTEC 会直接前往现场，或者委托调查公司，调查所有继承人的姓名和地址。而且更令人吃惊的是，这里的所有信息都是免费提供的，咨询者或者公证员不需要负担任何费用。公证员只要根据 GIRTEC 的答复，与委托人之外的其他继承人取得联系，就继承或交易等事项进行沟通就可以了。

我们想到在日本调查所有人不明土地问题时，曾经遇到过一位男士，他因为“想办理过户手续，但不知道一共有多少个继承人，他们又都身在何处”而头疼不已。如果日本也实行了与 GIRTEC 类似的制度，可能也会有很多所有人不明土地问题都能得到解决吧，至少就不会出现现在这种“束手无策”的情况了。

GIRTEC 从 2009 年开始开展实质性工作，到 2017 年的 8 年期间共处理了 4 327 件咨询。同时，他们还将符合 5 年以上没有缴纳不动产税（相当于日本的固定资产税）等条件的土地认定为“无主土地”（即无法确定所有人的土地），通过相关手续，使其归属于所在的市町村。通过上述工作和法规带来的效果，科西嘉岛的所有人不明土地在 8 年期间共减少了 20%。

科西嘉经济发展机构总干事丹尼尔·布雷利先生告诉我们："2017 年颁布的新法规推动所有人不明土地的问题得到了更为迅速的解决。"

在日本独协大学教授不动产法课程的小栁春一郎教授曾经在科西嘉岛进行过实地调查，他指出："所有人不明土地问题没有特效药。日本也只能像法国一样，依靠多渠道的信息提供、税收和民法上的优惠措施以及律师代书人的援助等，从整个国家层面出发，采取跨部门措施去推进解决。"

地籍调查鼻祖——拿破仑家族的土地台账

科西嘉岛至今还珍藏着拿破仑皇帝的亲眷们持有土地的个人台账，记者在那里见到了复印件。

拿破仑家族的土地台账由负责统一管理科西嘉岛房地产过户信息的 GIRTEC 保管。原件破损十分严重，现在已处于重重保护之下，所以我们没能见到，不过在工作人员出示给我们的电子版复印件上，可以看到右上角清晰地写有"波拿巴·（王子）·拿破仑"的字样（照片 5–5），文件上记录着土地所在街道的名称、编号及面积等信息。拿破仑三世于 1852 年继承了皇位，这应该是他的儿子拿破仑·欧根·路易·波拿巴及其母亲持有土地的个人台账。

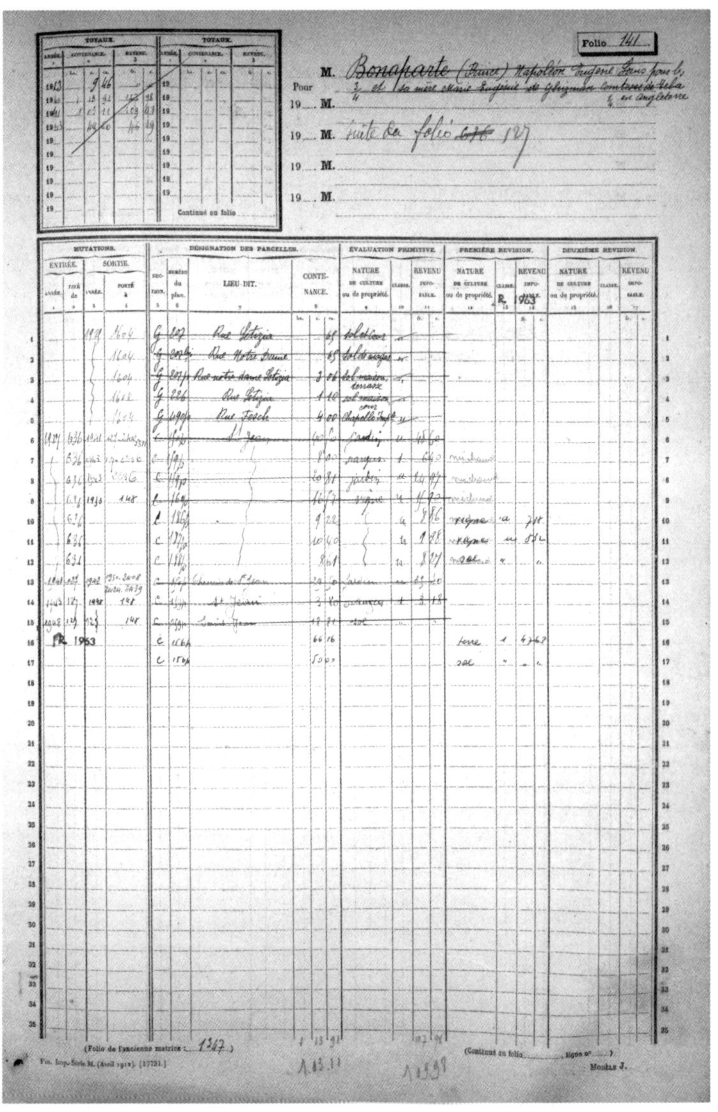

Folio 141

M. Bonaparte (Prince) Napoléon Eugène Louis pour les 3/4 et sa mère Marie Eugénie de Gusman Comtesse de Teba 1/4 en Angleterre

19.. M. Suite du folio ~~636~~ 127

19.. M.

19.. M.

TOTAUX. — ANNÉE. — CONTENANCE. — REVENU.

Continué au folio

MUTATIONS				DÉSIGNATION DES PARCELLES				ÉVALUATION PRIMITIVE			PREMIÈRE REVISION			DEUXIÈME REVISION		
ENTRÉE		SORTIE														
ANNÉE	TIRÉ de	ANNÉE	PORTÉ à	SECTION	NUMÉRO du plan	LIEU-DIT	CONTENANCE	NATURE DE CULTURE ou de propriété	CLASSE	REVENU IMPOSABLE	NATURE DE CULTURE ou de propriété	CLASSE	REVENU IMPOSABLE	NATURE DE CULTURE ou de propriété	CLASSE	REVENU IMPOSABLE
1	2	3	4	5	6	7	8	9	10	11	12	13	14	15	16	17

(Folio de l'ancienne matrice : 1347)

(Continué au folio ...., ligne nº ......)

Modèle J.

照片 5–5　拿破仑家族的土地台账。文件的右上角写有“波拿巴·（王子）·拿破仑”（照片由 GIRTEC 提供）

拿破仑家族与地籍的关系十分密切。1807年，拿破仑一世在加冕的3年之后，下令在法国实施了近代最早的全国地籍调查。他去世之后，法国本土的调查在1850年前后完成，科西嘉岛则在1889年完成。他的这项功绩被称为“拿破仑地籍”，对德国和荷兰各国的地籍调查都产生了影响。

GIRTEC在2006年成立之后，将在拿破仑地籍的基础上几经修订的地籍图、地籍簿以及登记簿信息等都输入了数据库。经过他们的整理工作，根据现在的土地编号，可以在计算机上查找到过去的所有人及其所有土地。可以说这个机构把拿破仑重视地籍的传统一直延续到了今天。

在GIRTEC任职的公证员安·贝尔德拉女士告诉我们：“无论是拿破仑地籍，还是拿破仑参与制定的民法典，都是法国现代化的基石。拿破仑是伟大的先人，也是我们的骄傲。”

巴黎郊区圣但尼的废旧公寓

法国世界杯荣耀之地的旧公寓

尽管有的公寓已经破旧不堪，但不经过所有业主的同意，就无法修缮或重建。

据说法国也有这种“负动产公寓”，不过法国已经开始通过行政介入，在重建公寓的同时改善居民的生活环境。我们来到了位于巴黎郊区的圣但尼。

圣但尼的历史既散发着夺目的光辉又经历了艰辛的苦难。这里曾经举办过 1998 年世界杯的决赛。凭借齐达内的卓越表现，法国队本土作战，战胜了劲敌巴西，首次赢得了大力神杯。这场比赛就是在圣但尼的“法兰西大球场”举行的。不过同时，圣但尼也是 2015 年巴黎系列恐怖袭击中遭遇袭击的地区之一，法国共有130多人在这次袭击中遇难。

步入圣但尼市区，随处可见砖瓦剥落、玻璃窗残破的老旧公寓和楼房。地方政府的调查结果显示，当地40%的住宅都被认定为“不适宜居住”。不同于巴黎市中心的繁华地带，这里住着很多来自中东的人和非裔及亚裔居民。巴黎系列恐怖袭击发生之后，警方还曾经在这里与恐怖主义者展开枪战。

走在街上，记者不由得想起了自己学生时代曾经看过的法国电影《怒火青春》（*La Haine*）。影片的主角是几名来自巴黎郊区移民家庭的年轻人，他们因朋友不幸被警察刑讯逼供致死，便逐渐对社会和警察充满愈演愈烈的怒火。年轻人们漫无目的地游荡在挤满了破旧公寓的街上，然后回到位于狭窄、肮脏的住宅区的家里，与众多家人生活在一起。

整个电影展示出一个与充满时尚气息的“巴黎”截然不同的世界。在巴黎的电影院里看完了这部电影，记者甚至由于影片带来的强大震撼而许久无法离开。

一桥大学研究生院法学研究科的森千香子副教授曾在《排斥与抵触的郊区——法国“移民”聚居区的形成与演变》（2016年，东京大学出版会）一书中介绍，随着从19世纪后半叶到20世纪前半叶的工业化大潮，巴黎郊区逐渐发展为外来劳动者的落脚地，法国政府也为了缓解住房不足，在郊区积极推动大规模住宅区建设。她还指出，随着法国政府从20世纪 70 年代开始转为鼓励建造独户住宅，中产阶级和上层劳动者逐渐搬离，只剩下无力拥有自己住房的低收入阶层继续留在这里，以及更为贫困的阶层搬进这里的空置房屋。国家和当地政府在此过程中起到了助推作用，使来自旧殖民地国家的人们因去工业化发展失去工作，聚集到这种住宅区。

森千香子副教授主要研究政府面向低收入人群推出的公共廉租住宅问题，不过普通楼房和公寓也存在相同情况。有专家认为，一些楼房和公寓的入住条件要比公共廉租住宅更为宽松，所以才会导致收入更不稳定的阶层聚居到条件和环境更为恶劣的建筑。

圣但尼中心区的重建

最近，圣但尼的中心地带出现了很多性质恶劣的“贫困生意”，他们让非法移民住进废旧公寓或楼房，收取高额租金。这些地方由于消防设施不够完备等原因，经常发生火灾，甚至可能导致人员伤亡，已经成了严重的社会问题。不过现在也有很多地方已经开始重建，到处都能听到拆除旧建筑物或在地面上打桩的声音。

在这些公寓群的一角，我们看到了一栋全新的六层砖造建筑物，是记者来到这里的两个月之前，即 2017 年 11 月刚刚建成的公共住宅，主要面向低收入人群。这里原本是一栋废旧公寓，市政府征用之后将其拆除，然后在原有土地上盖起了公共住宅。

我们采访了住在这里的保安马尔科（26 岁），他与母亲和妹妹一起住在一套两居室里。他们之前住在附近的长租公寓，那栋公寓被拆除之后，当地政府推荐他们搬到了现在的这栋共同住宅。如今他们的房子比之前更宽敞，房租也从每个月 900 欧元降到了 400 欧元。

马尔科笑着告诉我们："你问我们搬到这里开心吗？当然了。之前的房子太小，我没有自己的房间。现在的房租比之前便宜，而且每个人都能住在舒适的房间里。这一带过去常有毒贩出没，属于比较危险的地区，不过现在整个街区的气氛完全变了，一切都变好了。"（照片 5-6）

照片 5-6　马尔科站在面向低收入人群的住宅前，这里原本是一栋废旧公寓

修缮和重建废旧公寓是政府的义务

2010 年，政府将这一带指定为法国“改善住宅环境，重建街区”项目的对象区域。

在日本，公寓的修缮或重建作业需要由业主们协商进行，政府从不会介入其中。而在法国，政府则有义务为了确保居民的人身安全及公共卫生推动老旧公寓的改造和重建。圣但尼决定针对大部分对象区域，向公寓业主委员会提供重建或修缮补贴，并指定了一部分必须强制重建的建筑物。根据《公共卫生法》等制度，截至 2017 年的 7 年期间，他们已经征用了 34 栋房产，依次进行了重建。

公共机构“老旧地区复兴公司”与地方政府联手承担了住宅的征用和改建工作。这家公司由巴黎和圣但尼等地共同出资，成立于 2010 年。该公司的业务除了改建住宅，还包括关注居民生活，会为居民介绍同等水平房租的住宅，或帮助非法移民联系相应的援助组织等。

该公司的副总裁塞尔维·弗鲁瓦萨尔说：“任何人都有权利生活在充满文化气息并确保卫生安全的环境当中。为此，我们与地方政府、建筑师和律师等专家、民间组织等展开多方合作，推进居民们的生活重建工作。”

在地区重建方面，为了避免专门面向低收入人群的公共住宅过于集中，他们会把公共住宅的比例控制在40%左右。弗鲁瓦萨尔先生说："适宜居住的街区不能只有住宅，还必须有商店、咖啡厅和休闲娱乐设施。"另一方面，他们与那些在法语中被称为"睡觉的商人"的不法经商者也展开了激烈的"斗争"，有的项目从收购谈判阶段一直闹到了法庭，花了好几年时间才完成重建。弗鲁瓦萨尔先生气愤地说："有些不法经营者不惜重金聘请优秀的律师，害得我们输掉了官司。"

政府需要为庞大的费用做好心理准备

政府介入公寓重建，援助居民改善生活环境，需要花费相应的费用。迄今为止，圣但尼为了征用和重建公寓已经花费了3亿欧元。这些费用由地方政府承担一半，法国政府承担30%，剩余的20%则计划利用不动产销售收入来弥补。

负责改善居住环境工作的马蒂尔德·卡洛里市长助理表情凝重地告诉我们："法国不能随意征用公寓或楼房等私有财产。首先我们会与所有人友好协商，尽可能把废旧公寓收购下来，只有在最终判断确实难以达成一致的情况下才会采用征用措施。这个过程往往需要几年时间，耗费大量的人力和费用。此外，我们还必须获得其他普通市民的认可，所以行政方面也需要做好相应的心理准备。"

新潟大学城市法专业的寺尾仁副教授指出："在法国，行政有义务确保市民的安全，他们可以行使这方面的权限对废旧公寓采取相应措施。此外，除了拆除危险建筑之外，这项工作还可以根据居民的实际需要，与提供房租补贴或推荐公共住宅等措施结合起来。日本也需要针对行政介入的具体方法展开相应的讨论。"

美国铁锈地带的“地产银行”

铁锈地带这样盘活负动产

在横跨美国中西部的铁锈地带，随着城镇的衰落，无人管理的空置房屋和土地越来越多，成了治安恶化的原因之一。对此，当地采取了一些应对措施，如由公共机构收购这些“负动产”，然后根据城镇建设的规划重新出售给附近居民，或者决定暂缓开发等。

美国的底特律市作为汽车城过去曾经繁盛一时。在20世纪50年代曾经超过180万人的人口随着产业空洞化而急剧减少，现在已经不到70万人，成为铁锈地带的代表性城市之一。遭遇了支柱产业汽车产业的衰退之后，2008年金融危机更是雪上加霜，很多人应该对2013年底特律市宣告财政破产的情形记忆犹新。

从市中心开车用不了多久，就能看到道路两侧星星点点的空置房屋，与美国通用汽车总部大厦形成鲜明对比。这里弥漫着一种危险的气氛，让人不敢轻易踏入旁边的小巷。不仅如此，有一些房屋还保留着被火烧过的痕迹（照片 5-7）。附近居民告诉我们，有的空置房屋被毒贩当作交易场所，有的被人纵火烧毁，已经成了危及街区治安的原因之一。从市中心驱车用不了 10 分钟，就能看到很多破败不堪的房屋，很多贫困阶层住在那里。可以说，市内的空置房屋已经成了明显的“负遗产”。

照片 5-7 底特律市内经常能看到遭遇过火灾的空置房屋，多为纵火所致

位于底特律市西北部的布莱特莫尔地区也面临着日益严重的居民外流和街区衰退问题。不过这里也出现了一个新动向，

即把常年废弃的空置房屋拆掉，改建成城市农场等重新利用。

2014 年，布列塔尼 · 布拉德小姐（26 岁）从底特律市政府附属机构“底特律土地银行”买下了 9 块常年废置的土地。她花费了两年时间，终于搬走了被非法丢弃到这里的汽车零件和地垫等废物，与伙伴们一起将其改造成了能够种植蔬菜等的农场（照片 5–8）。

照片 5–8　以每块地 100 美元的价格买下多片土地经营农场的布拉德小姐

土地银行由政府或非营利机构设立，他们低价回收无人管理的空置房屋和闲置土地，然后对空置房屋加以拆除或翻新，使其重新处于可使用的状态。按照规定，相邻土地的所有人可以按照每块地 100 美元的低廉价格买下它们，前文提到的布拉德小姐就是一次买下了 9 块土地。

布拉德小姐告诉我们：“到了夏天，这里可以采摘蔓越莓、草莓和玉米等各种蔬菜水果。还自己搭建了温室。附近居民很难买到新鲜的水果和蔬菜，所以我希望能扩大这种自产自销的模式。最近附近多了很多农场和袖珍公园，大家都是从土地银行低价买来土地，根据自己的喜好来设计使用的。”

布拉德小姐现在拥有了自己的土地，所以她开始缴纳资产税（每年每块土地 15 美元）。如果行政部门一直持有土地，他们不但收不到税，还必须支付除草等维护费用。这是通过土地银行的介入消除“负动产”的一个事例。

除了底特律市郊，还有一些住宅密集分布的地区也正在积极推动重建。底特律市北部的马里格鲁夫地区过去曾是高级住宅区，但次贷危机之后，这里的空置房屋多了起来，附近一带都显得越来越衰败了。

土地银行与底特律市合作，将这一地区指定为重点重建区域，集中拆除和翻新了很多空置房屋。威廉姆·哈肖先生（50 岁）是一名公共汽车司机，他告诉我们：“最近几年，附近的空置房屋少了很多，我能感受到街区的变化。现在这里变得更安全，更适合居住了。”

底特律市内有多个重点区域，人口密度都还比较大，只要尽早采取措施，就能防止衰退进一步蔓延。土地银行的负责人说：“城市的衰败会像癌症一样侵蚀四周。我们会根据某些策略决定优先保留哪些地区，力争提高整个地区的价值，防止居民外流到其他地区。”这些策略与底特律市的城市规划远景及住宅政策等密切相关。

底特律市土地银行成立于2008年。2014年迈克·达甘出任市长以后，开始针对空置房屋采取各项措施。土地银行先把由于未按时缴税等原因被查封房产的权利关系梳理清楚，免费获得所有权，并在持有期间被获准免缴资产税。

目前，他们持有约10万处空置房屋和土地。迄今为止，已经从联邦政府获得约150亿日元补贴，拆除了约1万栋空置房屋。此外还有一些空置房屋经过翻新被重新出售。对于尚未拆除的空置房屋，他们会用木板封住入口和窗子等，以免有人非法入内。

土地银行的中介功能

在全美国，共有100多家土地银行承担着“负动产”的重建工作。他们不仅限发挥房地产中介的功能，还会根据整个区域的城市规划，促进土地有效利用，并起到防止城市过度开发的作用。

基尼斯郡弗林特市位于底特律市西北方向约100千米处，他们在2013年制定了此后20年的土地利用规划，规定计划中的绿化区域原则上不允许建造房屋，绿地较多的居住区禁止开设商业设施等。弗林特市的首席策划师凯文·休伦斯先生说:“在住宅分布比较松散，存在适量空置房屋或闲置土地的地区，我们将来会把住宅区域的面积从现在的 0.1 英亩[①]扩大到 0.4 ~ 0.5 英亩。”基尼斯郡的土地银行可以根据这些城市规划来发挥房地产中介的功能。

音乐教师格伦·霍尔克姆先生（62 岁）在 2013 年前后以 4 000 美元的价格从土地银行买下了一栋空置房屋，2017 年 11 月又以 225 美元的价格买下了相邻的三块空地（照片 5–9）。根据弗林特市的规划，这里被指定为“绿地较多的居住区”，因此不必担心以后会出现商业设施的过度开发，每一户居民的住宅占地面积有望进一步扩大。霍尔克姆先生说:“让居民拥有富余土地是好事，我想用从土地银行买来的这些土地建一座花园，这是我一直以来的梦想，现在一想到这件事我就特别开心。”

非营利组织“区域发展中心”研究全美国的空置房屋问题，副秘书长丹尼尔·莱温斯基指出土地银行具有很多优点。他说:“土地银行可以根据当地政府制定的目标，低价出售房地产。如果所有问题都交给行政机构处理，就必须明确为了什么目的持有土地，为了什么目的出售土地，售价方面也不能

---

① 英亩是英美制面积单位，1 英亩 = 4 046.8564224 平方米。

低于市场价，会受到各种制约。相比之下，土地银行作为第三方机构拥有更大灵活性，可以迅速做出反应，这就是他们的特点。”

照片 5-9　霍尔克姆先生从土地银行低价买下空地，扩大了自己家庭院的面积

土地银行在全美国得到普及，始于 2007 年后逐渐严重的次贷危机问题。越来越多的贷款成为坏账无法收回，金融机构因巨额不良资产陷入经营困境，这也成了 2008 年金融危机的导火索。

这些问题也导致了空置房屋的大量产生。为了防止“负动产”阻碍住宅市场发展，美国政府设立了巨额联邦补贴，用于拆除空置房屋等作业，这些补贴被发放给土地银行。美国之所以能对大量空置房屋进行拆除和翻新，政府起到了推动作用。

在 NPO 与负动产斗争了 30 年的人

在铁锈地带的一角，有一个人为了底特律市西北部衰退地区的复兴奉献了大半生的努力，他就是约翰·乔治先生（59 岁，照片 5-10）。乔治先生在 1988 年成立了非营利机构“底特律衰退遏制者”（Detroit Blight busters），之后一直从事空置房屋的拆除和重建工作。如今，每年都会有多达 9 000 名志愿者参与其中，这里成了区域复兴的指挥中心。

照片 5-10　致力于当地复兴工作的“底特律衰退遏制者”创办人乔治先生

乔治创办这家机构的契机，是因为自己家后面有两栋空置房屋曾被犯罪分子用来贩毒。他不希望当时只有 2 岁的儿子生活在如此危险的环境里，因此找来木板把空置房屋的入口和窗子都封了起来，以免毒贩进到里面。这个办法成功地赶走了毒贩，乔治便开始了进一步工作。

“底特律衰退遏制者”赢得了财团和大企业的支持，截至2017年，他们募集了22亿日元资金用于区域建设，在20年里，对约1 500栋空置房屋采取了拆除、重建或钉上木板以防非法入侵等措施。

“底特律衰退遏制者”的活动还不只这些。他们成功引来当地的大型超市在停办的高中旧址开店，还利用每隔一周的周五晚上，在作为活动中心的建筑里开办免费的爵士音乐会，促进居民之间的沟通和交流。

现在，这家机构正在积极建设菜园。他们与专门负责处理空置房屋和土地的底特律土地银行协商，准备买下土地银行持有的9块土地。正如前文介绍的，土地银行推出了以每块100美元的低廉价格出售相邻土地的政策，他们希望能充分运用这个机会。

在几年之前由土地银行获得所有权之前，这里一直是所有人不明土地。“底特律衰退遏制者”曾经靠手工作业拆除了建在这里的几栋废弃房屋，平整土地之后还种上了苹果树，为了今后能正式建设菜园，他们决定把它买下来。乔治先生说：“这片土地里渗透着我的血和汗，我们希望能亲自管理它。”他表示会用这些土地栽培蔬菜和水果，免费提供给当地居民。

乔治先生自豪地说，他要把衰退区域改造成充满魅力的地方，这项挑战汇集了更多伙伴，并且已经初见成效。“现在，来到这里的人比离开这里的人更多。我们通过自己的努力，提高了这个地区的价值。只要坚持不懈，总会得到好的结果。”

德国可以“扔掉”房地产

民主德国被抛弃的土地越来越多

日本没有“扔掉”土地的制度。如果不幸持有谁都不想要的土地，就既无法卖掉也无法扔掉，只能承担物业费用和固定资产税的负担。而在德国，法律明确规定土地是可以扔掉的。那么这种扔掉土地的制度到底是如何运作的呢，我们到当地进行了采访。

在德国东部德累斯顿中心区域的工业地带，距离与铁道平行的国道稍远一点的地方，有一栋混凝土建成的五层废弃楼房。楼房的很多玻璃都是碎的，后面还有一片很大的院子。整个院落占地 15 000 平方米，据说在民主德国时期曾是一家制药厂，后来被所有人抛弃了（照片 5-11）。

照片 5-11　被抛弃的制药厂旧址，当地市政府已经决定要重新开发这里

德国的《民法》第 928 条第 1 项明确规定：“所有人可以通过向土地登记所提出放弃申请，并在土地登记簿上登记的方式放弃自己持有的土地。”同时还规定，州政府拥有优先获得被所有人放弃的土地的权利。

2007 年，前文提到的这处房地产的所有人根据法律规定，在登记所办理了放弃手续，之后由萨克森州财务部下属的公共团体“萨克森州中央土地管理机构”管理。克劳迪亚·特劳切女士负责调查此项房地产的相关信息，她告诉我们，这里位置很好，所以他们将土地免费转让给了德累斯顿市，由他们重新开发。

被所有人放弃的房地产一般都由这家机构统一管理。他们会把可能有人需要的房地产信息公布在网站上，卖给申请者。

他们的主页像不动产中介公司一样，列有很多农用土地、房屋和餐厅等各种房地产介绍，其中也有一些是被抵押给银行的土地。

没有法律规定被所有人放弃的土地必须由某个个人或组织所有，因此它们几乎都是被作为“无主土地”管理的，不过费用必须由行政负担。德国也有些地方由于无主土地的增加出现了行政负担过重的问题。

1990 年，民主德国与联邦德国统一之后，东部有很多人提起诉讼，要求将被国家没收的土地物归原主。当时，不动产景气给首都柏林等地带来了一派繁荣景象，但萨克森州的居民却不断流向经济更发达的西部。萨克森州的人口在 1990 年为 476 万人，到 2017 年则减少到了 408 万人。2008 年前后，记者曾经因为参加公司的培训在德勒斯顿生活过半年左右。这里的年轻人为了找到合适的工作，纷纷前往西部的斯图加特和慕尼黑等大城市打工，只有老年人留在当地。当时这里留给人的印象十分衰败，只有第二次世界大战中遭到大轰炸之后重新修复的市中心等极少一部分地区还依稀保留着一些过去曾被称为“易北河上的佛罗伦萨”的繁华景象。

由于统一之后的人口外流和经济停滞，以毗邻波兰和捷克等国国境附近的山地为中心，萨克森州出现了越来越多的被放弃土地。截至 2017 年 3 月，被放弃土地的面积总共达到 135

英亩，相当于 29 个东京巨蛋体育馆。此外，放弃遗产继承的情况还要更为严重。在德国，被继承人放弃的土地直接归州政府所有。这类土地在 2003 年共有 518 英亩，但 2014 年便已达到 1 052 英亩，几乎增加了一倍。“萨克森州中央土地管理机构”负责人斯特凡·瓦格纳先生告诉我们，州政府会定期召开会议来商讨这些土地的运用和管理对策。

瓦格纳先生（照片 5–12）指出：“在德国，我们认为与其让房地产处于无人管理的闲置状态，不如让所有人放弃所有，以便更充分地运用它们。不过这样一来，当地政府就必须对土地负起管理责任，防止发生意外，并保证景观整洁。随着被放弃的土地越来越多，人们自然要开始讨论为此投入高额的税收是否合理。政府也会经常讨论是否应该修订相关制度，但一直没有什么进展。”

照片 5–12　“萨克森州中央土地管理机构”负责人斯特凡·瓦格纳先生

采取灵活的跨部门根本解决措施

德国和法国通过没收房地产解决固定资产税欠缴问题

我们在日本的中山间地区域①进行采访时，当地人告诉我们“农用土地和山林的固定资产税太高了。持有这种土地需要花很大力气去管理，卖又卖不出去，根本没有人想买。”另一方面，当我们向某个地方政府的税务科询问“如果住在外地的继承人没有按期缴纳固定资产税，应该如何处理”时，负责人员气势十足地回答说：“我们可以联系继承人的雇主，要求从他的工资或存款中扣除，这种情况我们会追查到底。”

然而，为什么不直接没收未按期缴税的房产，而要去扣工

① 中山间地区域是指农业地域类型中，中间农业地域与山间农业地域的统称。日本地形以山地居多，中山间地区域在总土地面积中约占 70%。

资或存款呢？为了了解国外的解决方法，我们在德国和法国向公证人员询问了他们对这个问题的看法。

法国南部科西嘉岛的公证员安·贝尔德拉女士很诧异地反问道:“对没有按时缴纳不动产税（固定资产税）的情况，行政可以直接没收该项不动产来抵税。难道日本不是这样吗？”听到记者解释“日本的不动产税太高了，所以也有一些人希望能放弃不动产”，她笑着说:“那样的话，就由地方政府接管下来好了啊！”

面对我们的提问，德国首都柏林的公证员劳恩·贝尔先生的回答也与贝尔德拉女士差不多:“根据我实际处理类似问题的经验，出现未按期缴纳不动产税的情况时，政府一般会没收该项不动产。如果所有人不想再缴不动产税，也可以主动放弃土地。这种情况与通常的放弃土地手续一样，只要到登记所申请，就可以更改登记簿上的信息。不过可能是经济形势比较好吧，很少会遇到这种情况。”

他们告诉我，存在多名继承人时，固定资产税由所有继承人共同负担，而不会只向其中的一名代表征收。此外，对于过了很多年都没有办理继承过户手续的不动产，登记官还可以运用自己的职权调查继承人的情况，更新登记簿的信息。

欧美与日本的法律制度不同，我们可能无法简单地拿其他国家与日本比较，或者直接把他们的做法引入日本。不过随着人口减少与老龄化趋势的加剧，日本的“负动产”问题将会迅速恶化，比其他国家更严重。

与法国不同，在日本，公寓的维修基金或重建等需要经过共同所有的业主们一致同意后做出决策，没有行政介入的机制，因此也更容易由于没有采取防止老化的措施而成为“负动产”。

在消除所有人不明土地方面，日本在 2018 年之后也采取了一些相应措施，如根据地方政府的要求制定继承人一览表，或在长期搁置的土地办理继承过户手续时免除一部分登记税等，不过目前还没有像科西嘉岛一样系统地整理所有人信息，采取从根本上消除所有人不明土地的措施，也没有像美国的土地银行一样，根据城市建设规划对不动产进行重新利用。

札幌学院大法学部民法专业的田处博之教授指出：“政府接管所有人放弃的土地有可能增加全体纳税人的负担，这种担心不无道理，但一直让目前的所有人及其子孙永远把这个负担承担下去也不对。我们只要交了垃圾处理费就能把大件垃圾扔掉，但对土地却不能这样。根据现行的制度，无人继承的土地也应该由政府接收。日本今后必须考虑应该如何处置所有人不再需要的土地的问题，否则彻底荒废的山野有可能会越来越多。”

北海道室兰市无人管理的空置房屋，部分墙壁已经在台风中毁坏剥落

第 6 章
谁来买单

放弃所有权

“实验性诉讼”：土地真的不能扔掉吗

这里有一份引人深思的调查结果，国土交通省在 2018 年 2 月面向全日本 5 000 名闲置土地所有人实施了网络调查。在闲置土地所有人中，47.4% 的人回答“有时会感到（持有闲置土地）有负担”，占了将近一半。尤其是通过继承上一辈遗产获得土地的人当中，这个比例要更高一些，为 51.4%。

此外，在回答“有时会感到有负担”的被调查者当中，有 25.5% 的人表示“（自己的土地）恐怕卖不出去，如果能脱手的话想尽早脱手”，也就是说，1/4 的人希望能放弃闲置土地的所有权。回答希望脱手的人当中，有一半的人回答能接受承担一定费用（图表 6–1）。

图表 6-1 五成所有人希望花钱放弃不堪重负的闲置土地

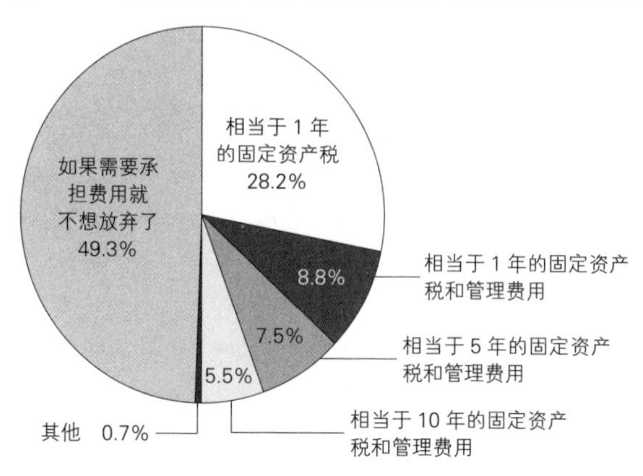

摘自国土交通省相关资料

不过日本的民法并没有规定放弃土地应该办理哪些手续，因为明治时期制定的民法，根本没有预想到日本会出现人口减少，土地贬值成了负担的情况吧。

日本的土地制度是在将来人口会持续增加、不动产将永远保值的“土地神话”的前提下制定的，上述调查结果显示，如今这种制度已经迎来了转折点。在地方城市或郊区，失去资产价值、让人不知该如何处置的“负动产”越来越多，甚至还有一个人因为“负动产”问题把政府告到了法院。

《民法》第 239 条第 2 项规定“没有所有人的不动产应归属国库”，但关于哪些情况可以归属国库的标准却一直处于模糊状态。

提起诉讼的是在鸟取县米子市从事律师代书业务的鹿岛康

裕先生（41 岁），这种直接讨论“土地能否放弃”的官司十分少见。2014 年，鹿岛先生接受父亲的生前赠予，成了岛根县安来市约 23 000 平方米山林的所有人。三个星期之后，鹿岛先生便提起诉讼，要求放弃山林所有权，主张没有所有人的山林应该归政府接收（照片 6–1）。

照片 6–1　岛根县安来市，鹿岛康裕先生要求政府接管的山林（摘自《朝日新闻》2017 年 12 月 6 日）

鹿岛先生平时从事律师代书工作，经常接到老年人希望把无力负担的土地捐赠给国家或地方政府的咨询。很多人都很担心，因为子女和孙辈都离开了当地，他们不知道自己这样一直持有土地的所有权会不会有什么麻烦。但是否接受捐赠要由行政部门来判断，鹿岛先生遇到的情况几乎都是土地没有利用价值就不会有人接受。

负责管理国有土地的财务省在主页上登载的方针是“对于没有行政用途规划的土地等，考虑到有可能会增加维护、管理成本（即纳税人负担），因此暂不接受捐赠。”也就是说，他们原则上不认可捐赠，各地方政府也都沿用了这个方针。

面对即使“不要钱”也无法由国家或地方政府接收不动产的现状，为了探索解决这个难题的方法，鹿岛先生最终想出的办法就是为了“扔掉”自己不想要的土地去打官司，借此寻找出路。

想放弃也无法放弃

这场官司一直打到了高等法院，最后的结果是鹿岛先生败诉。

广岛高等法院在判决中认定，原告想将继续持有山林带来的负担转嫁给政府，属于滥用权利，驳回了他的请求。法院关注的重点还包括如果由政府接管山林的话，确定地界及设置栅栏需要 150 万日元，以及每年为了除草和巡逻警备还需要投入约 8 万日元税收。

不过另一方面，判决也说“从一般原则上来讲，允许不动产所有人放弃所有权”。

鹿岛先生回顾这场官司说：“这是一次实验性诉讼，我想看看政府是否会接收土地，虽然最后败诉了，不过我由此发现，有些情况下还是有可能放弃土地所有权的。因为不知如何处置土地而发愁的人越来越多，我们需要一个标准，以便确定哪些情况可以归属国库。此外，还应该有一个机构统一接管大家放弃的土地，如果制定出相应的机制，把信息及时传递给需要土地的人，有些土地也许还能得到利用。”

日本目前还没有想放弃土地所有权就能放弃的制度。

如果土地所有人去世时，所有继承人都放弃继承，土地事实上就处于“没有所有人”的状态，但对这种情况，政府也并不会立即接收。

根据日本的相关制度，土地的利害相关者可以通过家庭法院为被放弃继承的土地选派“继承财产管理人”。只有在经过各种努力，仍未能售出时，政府才会接管（图表 6–2）。

据财务省统计，政府经过上述手续接收的土地在最近几年每年有 30 ~ 50 件，而 2016 年申请选派继承财产管理人的案件共有 2 万件左右。财务省称自己在依照法律规定办理政府接收放弃土地的手续，但我们也从从事管理人业务的司法代书人那里了解到一些不同的情况。

图表 6-2 政府接管放弃继承土地的流程

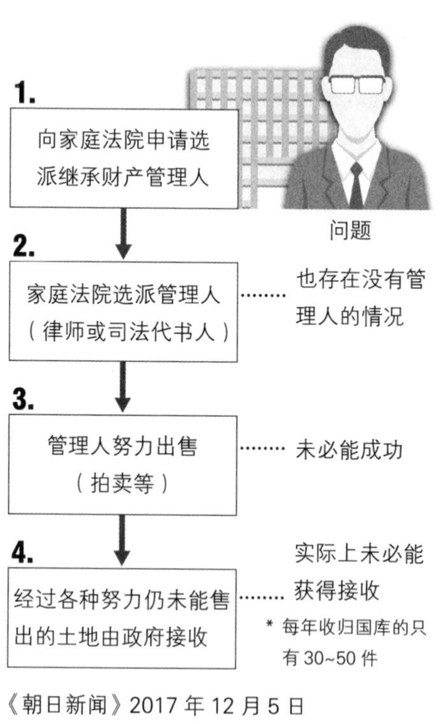

《朝日新闻》2017 年 12 月 5 日

他说："管理继承财产要用去世的人留下的现金和存款来进行。管理人负责管理割草及缴纳固定资产税。如果土地或房产能卖掉，他可以从中获得手续费，余下部分交归国库。但如果找不到买方，家庭法院也不会要求管理人负责到底，他们会按照早已形成的默契终结业务。再说如果去世的人没有钱，也根本不会有人愿意出任继承财产管理人。"

财务省的一纸通知改变了方针

这种情况下，所有权就失去了归属，长此以往，全日本到处都将是无人管理的荒地了。由于所有人不明土地越来越多，财务省于 2017 年 6 月向各地方财务部门发放了关于改变政府接收继承放弃土地手续流程的通知，决定省掉过去一直在事实上拒绝收归国库的各项手续。

例如如果没有足够费用去重新制作土地房屋测量图或确定地界协议书，就可以省掉这一步，如果由于公图混乱等原因无法确定位置，也可以省掉现场勘查，通知中最后还写着："即便当地政府不便管理或处置，也不能拒绝接收（不动产），应该将需要补充的内容限定在最小范围之内，寻求继承财产管理人的配合。政府可以要求当事人补足信息，但未经继承财产管理人同意不得强制。"

简单地说，这份通知要求各地不要再提出实际上相当于拒绝归属国库的苛刻条件，要积极地接收被放弃继承的不动产。

熟悉一线情况的司法代书人告诉我们，过去到财务省办事处咨询，对方会答复必须先拆除建筑物，确定地界，然后才能受理。"他们要求把空置房屋或原野必须先整理为平地，并且还要确定地界才能办理手续，但这种无人愿意接手的房地产要么相邻土地也是找不到所有人，要么就是根本无法确定地界。

对这样的地方进行确认和测量，需要很多费用，仅靠逝者留下的钱一般都不够，事实上也就是被拒绝了。财务省这次改变方针非常好，今后应该能有更多的不动产可以收归国库。”

讨论放弃土地的规则

法务省也开始深入讨论这个问题。2017 年 10 月，法务省召集有识之士成立了“登记制度及土地所有权问题研究会”，开始着手研究放弃土地的相关制度。制定放弃土地的规则，需要研究哪些土地符合条件，所有人是否应该承担费用，由何处接收等具体问题，预计在 2019 年 2 月能够初步整理出基本观点[①]。

截至 2018 年 10 月，由于民法没有规定放弃土地应办理哪些手续，该研究会讨论的方向是像废弃物处理一样，允许土地所有人缴纳一定费用之后放弃。还有意见认为，为了防止原本拥有管理能力的所有人将土地负担转嫁给国家或地方政府，应该设置一定的条件，如只有自然灾害带来潜在危险的土地才能放弃所有权等。此外，由于国土交通省正在讨论相关机制，以便以较低成本管理中山间地等居民不便继续管理的土地，因此

①《登记制度及土地所有权问题研究报告概要：解决所有人不明土地问题的方向》已经于 2019 年 7 月在日本出版。

可放弃土地的对象范围也有可能会扩大。

如果条件过于苛刻，或需要所有人承担费用，那么可能制定了规则也很难实施，最后还是无法解决土地无人管理的问题。另一方面，也有人反对用税收充当被放弃土地的管理成本，政府内部也有人对制定规则的工作持怀疑态度，因为“真正实行这些政策需要极为庞大的资金”。谁来接管被放弃的土地也是一个重要课题，国土交通省正在推进这方面的研究。还有一些观点认为，虽然民法规定的是由国家接收，但其实应该由地方政府或公共性质的第三方机构来承担这项工作。

该研究会成员、庆应义塾大学研究生院法务研究科的松尾弘教授表示：“对于已经失去资产价值的土地，政府应该介入到何种程度，个人应该承担哪些责任，这些问题我们过去都从来没有正面讨论过。现阶段的课题是要完善流程，明确个人希望放弃所有权时应该办理哪些手续。”

76.6% 的人认为应该允许放弃

国土交通省 2017 年 12 月实施的“关于土地问题的国民意见调查”显示，对于可否放弃土地所有权的问题，76.6% 的被调查者回答“应该允许放弃”，远远多于持反对意见的 9.6%。对于被放弃的土地应该由谁接管的问题，回答“地方公共机构”的人最多，占 62.8%，其次是“国家”，占 28.1%，约 2%～4% 的被调查者回答应由“居委会等当地社区”或“NPO 等民间非营利机构”接管（图表 6–3）。

图表 6–3　被放弃的土地应该由谁接管

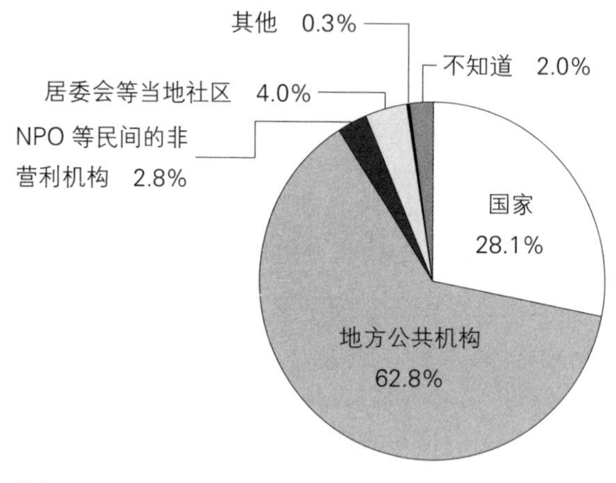

摘自国土交通省资料

此外，不动产登记的实际工作过程也能体现出让所有人无能为力的土地越来越多的现实情况。日本司法代书人联合会于 2017 年实施的调查结果显示，过去 3 年里，约 50% 的司法代书人曾接到过希望把土地捐赠给地方政府的咨询，而实际上捐赠成功的只有 6.6%。

此次调查共在全国范围内发放了 22 000 份问卷，收到 797 名司法代书人的回答，其中 380 人曾接到过关于捐赠不动产的咨询，但几乎所有地方政府都不会接收没有利用价值的土地，约 70% 的司法代书人反映“只能向客户说明无法捐赠，就此结束咨询”。

还有超过 40% 的司法代书人曾经被顾客谢绝对部分不动产办理继承过户手续。不办理继承过户的理由中，“没有资产价值”“没有使用规划”共占了将近 30%。此外，土地所有人去世年数较久，法定继承人过多，导致“难以达成遗产分割协议”“寻找继承人的费用较高”等理由也比较常见。

此外，还有 40% 的司法代书人曾接到过关于放弃继承不动产的咨询，其中有 30% 由于“无力看管”“不想操心”等原因实际办理了放弃继承手续。

该联合会的峰田文雄副会长说：“今后，团块世代过了 75 岁以后，关于遗产继承的问题会越来越多，应该有很多子女早已离开父母单独生活，对老家房产没有兴趣。实际上，找我们咨询如何放弃房产的人也在增加。这些土地最后由谁来接管，我认为这是一个重要课题。”

关于继承过户手续

“毫无益处的土地形同垃圾”

2025年，团块世代的所有人都将超过75岁高龄，随着逝者的增加，继承老家房产的问题势必越来越严重。例如，父母住在地方，子女都去了远处的城市，或者即使没有离开当地，也都住在车站附近等交通便利的地方，不打算再搬回父母家。因此，他们即使继承了遗产，也不会为老家房产办理过户手续，这种情况完全有可能发生。不过每年的固定资产税还是需要有人缴纳，一直空着的老宅越来越破旧不堪，还会给附近的居民添麻烦。现实中，已经出现了亲属之间互相推诿、谁也不想增加自己负担的事例。

房地产的名义所有人过世之后，如果一直没有办理继承过户手续，随着年数的增加，子女和孙辈的继承人就会不断增加，直至房地产陷入“僵尸”状态，谁都无法继承，想卖也卖不出去了。继承过户不是强制性的，所以这个问题距离解决还遥遥无期。

宫城县角田市的一位男士（55 岁）正在为了位于广岛县三原市的山林等 76 平方米土地一筹莫展。土地原本是他的一位亲戚所有，亲戚在 2015 年去世之后，这位男士也成了法定继承人之一，但土地的登记记录还停留在 1908 年（明治 41 年）的状态。

就算能获得所有继承人的同意，把土地过户给这位男士，他也需要缴纳至少 5 万日元的登记税和律师代书手续费等。他向我们抱怨道：“这块地我连看都没有看过，为了毫无价值的土地去花钱办理过户手续，没有半点好处。”

这位男士的母亲在三原市内还有一处房产，名义所有人是早在 2006 年就已经过世的父亲。这套房迟早也要由男士或他的弟弟继承，他忧心忡忡地说：“谁也不想要老家的房子，我们将来恐怕难免要互相推诿了。”

继承过户手续应该强制办理吗

不按规定办理继承过户手续，有可能导致所有人不明土地无限蔓延。

日本政府通过2018年的税收制度改革，敦促人们办理继承过户手续，对已经数次未办理过户的土地等免收登记所有权时应缴纳的登记税。此外，法务省也在2018年预留了约10亿日元预算用于未登记土地的调查费用，旨在根据登记簿或户籍找到法定继承人，敦促其办理过户手续（图表6-4）。

图表6-4 “不办过户”催生所有人不明土地

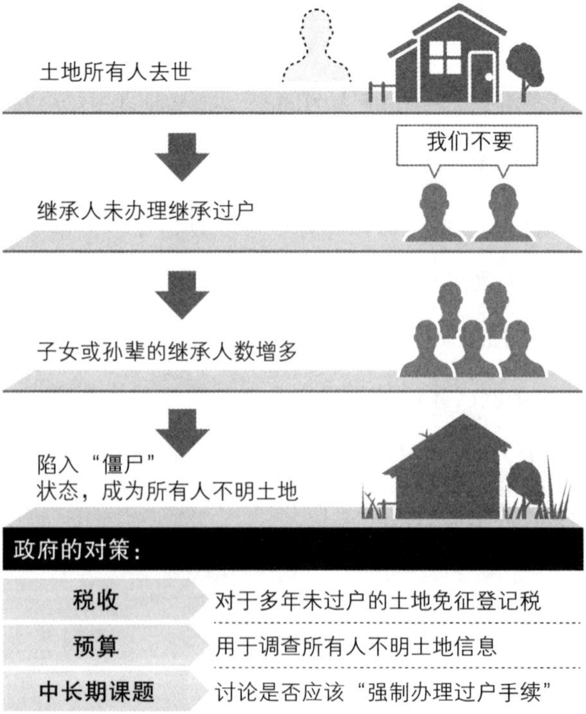

政府的对策：	
税收	对于多年未过户的土地免征登记税
预算	用于调查所有人不明土地信息
中长期课题	讨论是否应该“强制办理过户手续”

《朝日新闻》2017年12月7日

不过，政府内部也有意见认为，这些政策说到底都是“表面功夫”，无法从根本上解决所有人不明土地问题。

于是相关部门开始讨论是否应该强制办理过户手续。

目前，继承过户手续不是强制的，因为其前提是土地一定会有价值，而没有预想到“继承人不想过户”的情形。强制规定继承人必须办理过户手续有可能抑制所有人不明土地问题进一步扩大。

对于是否应该强制办理过户手续，法务省在 2017 年 10 月设立的“登记制度及土地所有权问题研究会”上做了讨论。现行登记制度是继承人主张自己是所有人的手段，并非强制，属于“对抗要件主义”。例如在卖方重复出售不动产的情况下，先办理了过户手续的买方可以据此向另一买方主张自己的所有权。在继承过户方面，要主张自己获得了超过法定继承份额的所有权时，就需要办理过户登记手续。如果改为强制办理过户手续，那么这将是《不动产登记法》自明治时代诞生以来的重大改革。

不过在民法学者之间，也有人质疑强制办理过户手续的实际可操作性，如“应如何监控继承人是否办理了过户手续”“即使设置罚款的规定，如果罚款金额少于登记费用，也同样无法推动登记，但又不能对此采取太重的处罚等”。考虑到有可能会有人质疑既然是强制的，为什么还要征收登记税，法务省民事局的相关人员表示:“研究会将针对登记问题做重点讨论。”

该研究会预计在 2019 年 2 月针对登记制度提出大致方向。

灾后重建和公共工程

滑落的悬崖是谁家的

所有人不明土地的危害在遇到自然灾害时会体现得更为明显。在“3·11”东日本大地震之后的重建和复兴过程中，由于缺乏适于新建住宅的用地，需要修建地势较高的平地，然而所有人不明土地过多，严重阻碍了收购进程。有人预测日本今后有可能会发生首都正下方的地震或南海海槽巨型地震，所以亟须出台相应制度，清理所有人不明土地或使其更便于应用，但政府的举措却让人不太放心。

* * *

“咚！”

2016年9月20日凌晨，宫崎市的仁田胁由香女士（42岁）被一声惊雷落在屋顶一样的巨响惊醒，发现家里弥漫着浓浓的土腥气味。原来是房后的陡坡被大雨冲塌，泥砂撞破外墙，已经流进了房口（照片6-2）。

照片6-2 在台风导致的山体滑坡中受损的宫崎县民房（照片由仁田胁由香女士提供，刊载于2017年12月6日《朝日新闻》）

所幸仁田胁夫妇没有受伤，但他们的房子以及停在停车场的汽车都遭到了损坏。当时作为应急措施，相关人员把陡坡用塑料苫布遮盖起来，并垒上了土袋，但如今已经又过了一年多时间，破损的苫布周围杂草丛生，却还没有任何迹象表明这里将正式施工来预防山体滑坡。

“我们每天都处在生死攸关的状态之下。看行政部门的处置方式，就好像在责怪我们不该在这种地方买房子一样。我们感觉被抛弃了，真希望能尽早施工。”

迟迟不见施工，仁田胁女士十分焦虑。每逢下大雨的日子，夫妇二人都得带着家里的宠物狗一起避难，有时只能躲在汽车里过夜。她越来越担心下一次再发生山体滑坡会把整个房子都压塌。

宫崎县负责陡坡地带的坍塌预防工作，他们迟迟不开始施工也是事出有因，因为一直没有找到这块陡坡土地的所有人。

按照登记簿上的记录，这片陡坡是 47 个人共同所有的“共有土地”。其中一些人去世后没有办理继承过户手续，现在子女和孙辈的继承人数应该已经成倍增加。宫崎县委托了专门处理不动产登记工作的司法代书人调查目前所有人的信息，尚未找到所有继承人。

即使宫崎县愿意买下这片土地，也不知道该去找谁协商，他们又不能在私有土地上擅自施工。这个工程规模预计会比较大，包括用混凝土固定陡坡，防止上面的土体坍塌，还要在其他房屋后院建造防护墙阻挡泥沙流进来等。然而，目前还只是处于“无法预计什么时候能动工”（宫崎县县土修建部）的状态。

特别措施法的作用有限

由于所有人不明土地妨碍防灾或城镇建设的情况接连发生，国土交通省开始采取相应措施。2018 年 6 月，国土交通省制定了特别措施法，以便将所有人不明土地用于公共事业或防灾等公共目的。

这项法规的核心内容是，如果日本各都道府县知事确认相关项目具有公益性，便可以向民营公司或 NPO 等提供最多 10 年的土地利用权。适用对象包括没有建造房屋的所有人不明土地，可以用于修建公园、土特产直销店或防灾用途的空地等。相关公司或机构获得使用权之后，如果土地所有人出现并要求返还，他们要在使用权到期后将土地恢复原状，然后还给所有者。另外使用权也可以延期（图表 6–5）。

此外，特殊措施法还简化了土地征用手续，以便国家或地方政府需要兴建公共设施时强制征用土地。过去的征用手续需要 31 个月左右的时间才能完成，按照特殊措施法的这项规定则预计可以缩短到 21 个月左右。征用土地一般需要调查所有人信息，之后经过都道府县征用委员会公开审核才能完成。不过在无法立即找到所有人的情况下，可以简化调查过程，没有反对者便省掉征用委员会的公开审核等。

特殊措施法还有利于缓解地方政府人手不足的问题。为了

图表 6-5　推动利用所有人不明土地的相关机制

· 当所有人不明土地妨碍防灾工作或城市规划时

↓

简化“土地征用”手续

· 简化所有人调查工作
· 省掉公开审理等程序

所有人不明土地

· 需要利用所有人不明土地从事公共活动时

↓

对所有人不明土地设定“使用权”

· NPO 活动
· 土特产直销店
· 袖珍公园等

※ 如果所有人出面要求归还，则应恢复原状。

《朝日新闻》2017 年 12 月 6 日

减轻地方政府寻找所有人的负担，特殊措施法允许原本必须由工作人员亲赴现场调查的部分工作改为采用查询住民票等官方文件的方式进行，同时也放宽了过去严禁用于其他目的的固定资产征税台账的阅览限制。

不过，还是有很多找不到利用价值的所有人不明土地处于“僵尸”状态，像这种派不上任何用场的土地，新法规也难以使其得到有效利用。前文提到的宫崎市的问题也无法通过新出台的法规解决，现实中的情况与法律的内容未必完全吻合。国土交通省的相关负责人表示：“我们暂且在力所能及的范围内制定了法律，不过并不是出台了特殊措施法就万事大吉了，后期还需要进一步研究和讨论。”

停滞的道路施工

最初推动政府着手解决所有人不明土地问题的人是长野县饭田市的牧野光朗市长。牧野市长是政府经济财政审议会成员，他在很多场合介绍过所有人不明土地问题。菅义伟官房长官听说之后，高度重视这个“紧迫课题”，于是除了国土交通省之外，其他政府部门也都开始采取相关举措。

据政府内部人员说，菅义伟官房长官担任横滨市议员期间，曾经处理过牵扯到土地的复杂纠纷，对繁杂又耗时的行政流程深有体会，所以十分关心所有人不明土地问题。之前一直将所有人不明土地视为中长期课题的政府这才急着寻找对策，在 2018 年 6 月出台特别措施法，以便将所有人不明土地用于公共事业等目的。

牧野市长在很多场合都曾提到一个事例，他们当地想修一条路，把磁悬浮新干线[①]隧道施工挖出的砂土运走，但仅仅一

① 指日本正在修建的中央新干线，将采用磁悬浮技术将日本的三大都市圈连接起来。

小段路就涉及 100 多位所有人，长野县政府因无法收购相关土地而陷入了困境。

饭田市位于南阿尔卑斯和中央阿尔卑斯[①]环绕的长野县南部。在单向只有一条车道的县道上，有一块土地几乎挤占了道路一半的宽度。据负责管理县道的长野县饭田建设事务所介绍，这一带曾在 2008 年 10 月前后施工拓宽了道路，只有这一处土地由于未能收购下来，只能保持着原状。

他们在县道的这个位置设置了防护栏，防止汽车开上去，所以这一段道路就变得十分狭窄。早上 7 点左右，到附近工厂上班的车流量比较大，在道路突然变窄的这个地点，车辆只能放慢速度。车道旁边有一个临时设置的人行道，上学的中小学生都要从这里走。过了上学的高峰时段，从上游水库运送砂土的自动卸货卡车也要从这里减速通过。路幅最窄的地方只够一台自动卸货卡车勉强通过（照片 6–3）。

住在附近的一位 20 多岁的女士告诉我们：“大多数汽车开到这里都会减速，自动卸货卡车也会挤到对面车道为行人让路，不过并不是所有司机都会这样做，也有一些人不减速就直接开过去，真是太危险了。希望这种情况能尽早改善。”

---

① 南阿尔卑斯指位于长野县、山梨县和静冈县交界处的赤石山脉，中央阿尔卑斯指纵跨长野县木曾谷和伊那谷的木曾山脉，赤石山脉、木曾山脉与飞弹山脉统称日本阿尔卑斯。

相关部门计划将来利用这条县道，将磁悬浮新干线隧道施工挖出来的土石运走，但牧野市长非常头疼，因为“不解决道路拓宽的问题，新干线施工挖出的土石根本没办法运走”。

照片 6–3　未能收购的土地共有 107 位所有人。道路在这里突然变窄

所有人从 26 人增至 107 人

长野县未能收购这块土地，是因为遭到了所有人的反对，这块土地的所有人太多了。

面积 119 平方米的土地，共有 107 位所有人。这里是共有土地，原本被用来供奉祭祀山神用的石佛。据一些所有人介绍，明治时期土地台账上的所有人共有 26 名。不过当初的所有人过世之后，一直没有人去办理继承过户手续，随着时间的流逝，从子女到孙辈，再到曾孙辈，法定继承人越来越多，就形成了现在的局面。

要买下这片土地，必须获得 107 位权利人的一致同意。然而其中有些人已经去了美国，很难配合办理手续。部分权利人也曾想过委托司法代书人和律师整理权利关系，把土地卖掉，然而办理全体所有人的印章证明等手续和成本过于庞大，因此遭到了拒绝。

松下光敏先生（79 岁）也是 107 名权利人当中的一位，很了解这片土地的历史，他感叹道："随着时间的流逝，继承人越来越多。如今，我们彼此之间根本不认识谁是谁。我知道的权利人中没有人反对，但是分支太多，找不到全部继承人，现在只凭我们自己已经无法解决这件事了。"

2014 年年底，JR 东海公司向当地政府咨询，能否让自动卸货卡车利用这条县道将磁悬浮新干线隧道施工产生的土石运送出去。当地社区组织羽场城镇建设委员会的原修司会长说："磁悬浮新干线施工挖出的土石都经过这里运送出去的话，自动卸货卡车的通行量会大大增加。虽然只是一小段路，但道路太窄的情况下实在无法确保安全。"

当地要求保障交通安全的呼声越来越高，长野县饭田建设事务所从 2015 年开始着手寻求土地权力人的同意。

与长野县拓宽县道的 2.45 亿日元施工费相比，这片未能收购的土地评估额只有约 100 万日元。如果 107 名权利人当中再有人过世，权利人的数量还有可能继续增加。

相关负责人向我们解释说："我们不能强制征用未收购的土地，因为适用土地征用的对象范围极为有限。那样做的话，恐怕有人会质疑为什么不采取替代措施，使用其他道路，也不太容易获得政府的许可。"

尽管饭田市愿意支持县里的工作，但牧野市长叹息道："仅靠地方政府有限的人力和财源，根本无法解决这个问题。因为时间拖得越长，新的继承关系就越多，寻找继承人的工作十分被动。现在各地方政府都在为了行政改革或削减支出而裁减工作人员，完全没有余力去寻找所有人不明土地的真正所有人。现行土地制度在过去的前提是经济持续增长，人口也不断增加，城市处于发展状态，现在已经到了必须彻底改革的时候了。"

希望的曙光

住宅区划的“重组再生”

政府措施跟不上“负动产”的增长步伐，于是各地方政府和区域社区开始自发地摸索解决方案。如果社区附近存在没有得到充分利用的土地，居民们可以买下来扩展住宅区，改善居住环境。此举相当于逆向利用老龄社会带来的空洞化现象，创造更便利的居住环境，因此得到了广泛关注。

根据总务省 2013 年实施的住宅及土地统计调查结果，埼玉县毛吕山町的房屋空置率以 19.8% 高居全县之首。在这里，由相邻住户买下闲置土地，将两家的土地区划合二为一的“重组再生”已经成为解决空置房屋问题的一个重要方法。“长濑住宅区”位于东武铁道的武州长濑站附近，建于经济高速增长时期，每个区划的面积只有20坪（66平方米），十分狭小，道路的宽度也仅够汽车勉强通过。

这里的住户反映，房屋过于密集，采光条件很差，停车位不够，这些因素都会导致空置房屋增多。房屋空置久了，很容易被人纵火，或引来可疑人物进出。

当地的不动产中介“丸善住宅销售公司”的远藤润社长告诉我们：“这里道路狭窄，房屋逼仄，很少有其他地区的人愿意来这儿买房。不过也有很多人表示，如果相邻土地出售的话，他们愿意买下来。所以只要有房源，我们都会先问问相邻住户的意向。”

一位家庭主妇（65岁）买下相邻土地增建了停车位，她说：“这里原来的房子紧挨着我家，后来着火变成了空地，听说他们想出售，我们就赶紧买了下来。因为这片地在南边，万一别人买下来盖上房子，会影响我家的采光，我们就当是花钱买阳光吧。这里离车站很近，地方宽敞一些，住起来就更方便了。”（照片6–4）

毛呂山町还得到了大学的关注。东武铁道武州长濑站附近有一条“卷帘门商业街”①，2017年7月下旬一个格外闷热的夏日，这里一家超市倒闭后的旧址上举办了一场“空置房屋利用

① 指失去活力的商业街，因大多数商户都已破产倒闭，随处可见紧闭的卷帘门而得名。

方案展”，由东洋大学建筑系与毛吕山町共同举办。随着老龄化日趋严重，日本各地都面临着空置房屋问题，很多地方政府组建了“空置房屋银行”，不过大多数都徒有其名，因为他们只是介绍房地产信息，与二手房中介的广告相差不多，很难吸引大家充分运用，并未起到真正的作用。

照片 6–4　位于埼玉县毛吕山町的住宅。房主买下了相邻土地（照片近景处），用来扩建庭院和停车

此次展览的目的是在介绍空置房屋的具体利用方法的同时明示所需费用，为解决问题迈出更具体的一步。这一天，共有三组大四学生做了讲解和演示，他们从 6 个团队中胜出，所有学生都从 4 月份就开始围绕会场所在超市旧址和附近另外两处空置房屋进行了构思。

其中一个方案是利用这里为在关东平原区域骑自行车旅行

的人提供服务，将超市旧址改为“骑行驿站”，将空置房屋改造成住宿设施和小型澡堂，总费用约为 1 400 万日元。还有一个方案建议用超市旧址作为改建中心，将另两个空置房屋改造后出租给工人们居住，预计总费用约为 2 900 万日元。

解决空置房屋问题的同时实现城镇建设

2018 年 11 月，日本国土交通省开始着手培训“空屋调查员”，向他们传授如何调查空屋能否利用或出售，解答所有人的咨询。外行很难判断空置房屋是否还能住人或卖掉。在居住需求旺盛的城市，不动产中介公司按照房产售价收取相应的佣金，就能获得盈利。但在空置房屋较多的地区，房地产价格比较低，中介公司无利可图，由此形成了恶性循环。

为了培养能为空置房屋所有人提供咨询服务的人才，在毛吕山町的协助下，不动产鉴定公司“三友系统 APPRAISAL”承接了国土交通省培训调查员的工作。毛吕山町从本地负责山林再生业务的公司选派了 3 个人，与岚山町负责城镇建设工作的 2 个人一起去参加了培训。

在培训中，除了确认房屋状态的方法，还能学到判断房屋是否符合土地利用及相关法规等的专业知识。

一级建筑师盛清康彦先生还带领大家进行了现场演练。在空置房屋现场，盛清先生先从地基开始检查。每发现一个裂隙，他都会拿出专门测量裂隙宽度的裂隙比例尺进行测量。宽度超过 0.5 厘米的裂隙需要写在调查表上，并拍下照片。盛清先生说："出现裂隙的原因还不清楚，有可能是地基的问题，也有可能是地震造成的。"调查表是三友系统 APPRAISAL 公司特制的一张 A4 表格，上面包含必不可少的最基本事项，地基部分除了裂隙，还要确认有无钢筋外露，对外墙、地面和内壁等部分，也要确认有无漏雨或者地面下沉等共 28 个项目。他们查看了两处空置房屋，第二栋可以进到房子里面，参加者们认真地确认了漏雨和地面等情况，并填到调查表上。

据说三友系统 APPRAISAL 公司正在研发相关的机制和方法，以便根据房屋的上述情况和地址等信息进行"空置房屋鉴别分类"，判断能否直接委托给不动产中介公司，是否需要重新装修，能否顺利出售等，以便在接到所有人咨询时提供简单易懂的说明。

在毛吕山町，尤其是战后经济高速增长时期开发的武州长濑站附近，人口陷入老龄化阶段，未能实现代际更替，空置房屋在最近十年期间已经增长了近一倍。不过毛吕山町的井上健次町长仍然很乐观，他说："我们不用去想要怎样挽回颜面，而是更应该把危机化为转机。"

2017 年 2 月，埼玉县首次推出了"选址优化计划"，确定了居住区域和引入医疗、教育、购物等的生活服务区域，以期居住区域在 20 年后仍能保持一定的人口密度，确保适度的集中和方便程度。他们的这项工作在全日本排在第五，在各町村当中是最先实行的。看来空置房屋对策也能顺势成为“城镇建设”的一环。

附近居民免费接管空地

从 2017 年起，北海道室兰市出台了相关机制，鼓励居民拆除附近尤其是具有安全隐患的空置房屋，免费接管腾出来的土地。与把拆除费用补贴给原本就无意管理空置房屋的所有人相比，从行政上支持愿意接管土地的居民效率会更高，也更有利于之后的持续管理，这就是此项政策的出发点。

接管土地的人需要承担拆除费用，不过他们可以从政府获得 90%（上限为 150 万日元）的补贴，此外市政府还负责说服原所有人免费出让土地。为了确保居住环境的安全，他们规定新所有人在获得土地的 10 年之内不得将其用于住宅用地的用途或以营利为目的的停车场。

室兰市建筑指导科的末尾正先生表示：“虽然新所有人需要负担部分拆除费用及登记手续费，原所有人必须无偿出让土地，但其实这对双方都有好处。”

齐藤哲明先生（61 岁）住在市内一个地势较高的地段，2018 年他利用这项制度拆除了相邻的多年以来一直无人管理的空置房屋。在那之前，由于这栋相邻住宅的护墙倒塌，导致齐藤先生家的外墙也遭到了损坏。市政府通过调查找到了所有人，但对方由于健康原因无力承担房屋的拆除工作。

为了拆除空置房屋、修补损坏的护墙，以及办理不动产登记手续，除了市政府发放的补贴之外，齐藤先生还需要支出约 65 万日元的费用。不过他告诉我们："这项制度对我来说真是雪中送炭。邻居家早就放弃了这处房产，危险的状态一直得不到改善。虽然花了一些钱，但这样就能摆脱每天的危险状态，我总算放心了。"他说 2019 年以后想把这里当作菜园（照片 6–5、照片 6–6）。

照片 6–5　护墙已经倒塌的空置房屋被遮挡在大树后面，左侧住宅的所有人将其拆除后免费接管了这块土地

照片 6-6　护墙倒塌之后，（照片右侧的）空置房屋已经威胁到邻居家的安全

室兰市还有 2 栋被放弃继承的空置房屋也在考虑利用这项制度拆除。整个室兰市共有 90 栋具有倒塌风险的“特定空置房屋”需要行政介入，今后会依次对符合条件的房屋采用上述政策。国土交通省住宅综合建设科的相关负责人表示：“这项政策在全国尚属罕见，希望各地方政府能根据各自条件来研究解决空置房屋问题的对策。”

别墅区再生需要居民的努力

还有一个别墅用地方面的事例，在从外县移来定居的住户的号召和领导下，一个即将成为“负动产”的地区重新获得了活力。

长野县上田市有一片叫作“信州丸子高原绿丘”的别墅区，来自东京的开发商在 2002 年前后宣告破产，留下了一百多块没卖出去的别墅用地。整个别墅区立即陷入了无人管理的危机。

面对这种情况，长期住户们自主成立了业主委员会，从埼玉县搬来的多湖勳先生（71 岁）便是其中的一员。他在 2006 年成立了一家专门从事别墅销售和管理业务的公司，把剩下的 113 块地全部买了下来。多湖先生原是一名高中老师，他靠自学考取了住宅用地及房屋交易师资格，开始销售剩余土地。他大力宣传这里具有上下水设施完善，该地区降雪较少，生活便利等优点，目前已经卖出了 85 块地。他将住户们的物业费降到了原来的 1/3，除了提供割草、除雪服务之外，甚至还修建了网球场。

多湖先生还多次召集所有人交流会，他说，“人口减少地区也完全可以想到一些办法来活跃社区。最重要的是，这样有利于管理好别墅区。我创办这家公司，让长期住户和临时租户都能放心地住进来，不必再为了清理排水沟等棘手问题担心。今后，我还想号召更多年轻家庭来这里，他们可以在优美的自然环境中养育孩子，或者我也可以劝说现有所有人的孩子们把别墅继承下来。”

如何对待老旧公寓

老旧公寓应该拆掉重建，还是尽量延长使用年限？今后将有越来越多的人不得不面临这个选择。公寓有一个特点，就是随着房龄越来越老，住户的年龄也在同步增长。无论是大修还是重建，住户之间的经济条件和想法各不相同，今后会更难统一意见。有一栋公寓的居民就实际遇到了这个“双重老龄化”的问题。

东京都八王子市有一个叫作“绿舍松之谷”的住宅小区。末满利昭先生（72 岁）是这里的业主委员会负责人，2016 年 5 月，他在小区宣传报上写道：“我在公寓‘35 年大关’的特殊时期出任负责人，深感责任重大。”

“35 年大关”指公寓会在这一时期迎来大修施工，需要庞大的资金进行重建或延长使用年限，对老年住户的负担能力也是一个严峻考验。绿舍松之谷小区是东京都住宅供给公社于 1982 年分售的。小区里绿树成荫，共有 9 栋五层建筑，没有电梯，距离最近的地铁站需要步行约 20 分钟。虽然条件并不是格外突出，但 300 套住宅中只有 2 套是空置的。

这里的优点是物业费很便宜，每个月只要 4 000 日元。根据国土交通省在 2013 年实施的调查，规模在 6 ~ 10 栋建筑的小区物业费为平均每个月 8 500 日元左右。

从 2017 年 4 月起，绿舍松之谷小区的物业费每个月上涨了 1 000 日元。

原因是他们过去一直没有雇用专业的物业公司，但住户老龄化趋势之下，这种“自主管理”已经坚持不下去了。在自主管理模式下，从业主大会的资料制作、物业费的账务管理到漏水或出现可疑人员等突发问题的应对，均由业主委员会的委员承担，所以物业费才能维持较低水平。年轻人要在工作之余处理这些事务都会很辛苦，对老年人来说就更难了。

业主委员会考虑委托给外部公司来承担物业管理工作，他们先在 2014 年以问卷的形式调查了住户担任业主委员会委员的意向。结果 85% 的回答都是“不想担任”“担任不了”。最主要的理由是年纪和健康问题，当时在 755 名住户中，有 117 名 70 岁以上的老人，60 ~ 69 岁的老人也占了 30%。

面对这个结果，业主委员会开始挑选物业公司，终于在 2016 年秋找到了物业公司。这家公司能够承担制作资料、对多达数亿日元的维修基金进行管理和会计处理，并拥有 24 小时在线的呼叫中心，遇到紧急情况时能立即赶赴过来。住户们很关心这件事，超过一半的人参加了物业公司举办的说明会。不过大家也都提出了自己的意见，还有很多靠养老金生活的住户向末满先生反应，物业费上调会影响他们的生活水平。

重建还是延长使用年限

前文提到的问卷调查结果还显示，48% 的人希望把公寓拆掉重建。

然而末满先生认为如今考虑重建不太现实。他说："只有能利用小区里富余的土地，重建成更大的建筑，把多出来的房子卖给新住户，资金方面的压力才会小一些。否则，现在这些住户必须负担重建费用。车站附近的房子可能比较好卖，但我们这个小区恐怕不行。大家刚搬来时，附近的小学每个学年有 3 个班级，可现在每学年只剩 1 个班了，还有一所相邻的小学已经关门。将来的前景很不好说。"

重建公寓是个重大决策。不过只要修补上下水管，把房顶做好防水，就能延长建筑物的使用寿命。这些施工费用约为 3.3 亿日元，抗震性能过关的话，还能从政府获得 1/3 的补贴。1978 年宫城县海滩发生了 5 级地震之后，日本政府于 1981 年推出了"新抗震标准"，而这里的建筑物都是按照"旧抗震标准"设计的。大家决定去参加抗震测试，结果是符合标准，因此他们最终利用政府补贴实施了上述两项施工。按照新找来的物业公司的建议，其余大修项目可以推迟到东京奥运会结束之后再做，到那时应该也能筹到所需的资金了。

国土交通省的数据显示，全日本共有 106 万套按照"旧抗震标准”设计的公寓，约占公寓总数的 1/6。大阪市有一家专门为公寓管理提供咨询服务的 NPO“集中住宅改善中心”，他们受京都市委托，对按照“旧抗震标准”建造的公寓进行了调查，发现 171 栋公寓中，有 35 栋处于管理不善的状态。该 NPO 负责人枝俊男说：“有的老旧公寓甚至连业主委员会都没有，也根本没有收过物业费。这种公寓售价很便宜，可能有些人觉得只要住上几年就能收回成本，但其实他们没有考虑到管理的问题。还有一些老年人，他们觉得自己就一直在这里住到去世好了。公寓的房价当中，只有 30% 是付给专属于自己的房子的，其余都是土地和公共部分。对公寓的管理漠不关心，就相当于放弃了 70% 的权益。”

政府对策迫在眉睫

政策滞后欠下的债

民间组织和地方政府层面已经采取了各种措施来抑制“负动产”趋势，而政府对此又有哪些举措呢？

深入探究各种“负动产”问题，可以发现其深受所谓“新房主义”的扭曲住宅政策和近似迁移农业的土地政策的影响。政府仍旧沿袭着“土地神话”时代的政策框架，面对层出不穷的各种问题，采取临时的敷衍措施。

经济高度增长时期，人们渴望拥有属于自己的崭新房产，国家和地方政府也鼓励人们购买房地产，致使住房用地不断向郊区蔓延。泡沫经济的崩溃撼动了“土地神话”，住宅用地的扩张在一定程度上得到了抑制，但土地和住宅政策的大方向却并没有变。郊区或地方政府希望吸引更多人口来到自己这里，于是他们放宽管控，允许在原本仅限用于农业用地的“城镇化调整区域”建造房屋，而政府也以“刺激经济”之名，推出住宅贷款的减税政策，不断刺激人们的购房意愿，还接连放宽了对塔楼公寓建设的限制。

整个日本都大张旗鼓地兴建房产，对其他问题则一副事不关己的态度，完全没有考虑关于建造的住宅和开发的土地的“善后工作”。日本的土地和住宅制度一直默认总会有人愿意持有不动产，从未想过有一天不动产会成为“负动产”。继承人增至几十人，却谁都不去办理继承过户的所有人不明房地产问题，日益增加的被放弃继承、却无法收归国库的悬置土地，无人管理的空置房屋和公寓管理不善问题等，都是政府未能跟随时代的步伐及时修订土地和住宅制度带来的副产品。

别让“多死社会”变成“大负动产时代”

最近，总算出现了一些从根本上重新审视土地政策的动向。

政府开始着手修订在泡沫经济时期地价高涨等背景下制定的土地基本法。土地基本法旨在抑制投机性交易，规定了土地的基本理念和国家的职责等，但对人口减少导致土地贬值，缺乏土地利用意愿的情况下单纯持有土地的情况没有明确的准则。为了弥补这个问题，以便土地得到适当的管理和利用，应该规定所有人必须承担的责任。

有专家指出，日本的土地所有权十分强势，管理及运用土地的相关问题一直都是交由所有人判断和决定的。这种观点也有一定的道理，为了防止政府过度侵害土地所有权，规定所有人的责任时必须经过严密的讨论。

土地所有权的放弃与所有人的责任是互为表里的关系。也就是说，要求所有人必须承担某些义务，就应该允许所有人放弃所有权。日本目前还没有确保所有人能够如愿放弃土地的相关制度。捐赠给国家或地方政府的土地也是只有有利用价值的才有可能被接收，否则原则上是没有人接收的。今后，想卖也卖不出去，不知该如何处置的土地会越来越多，这就需要有相应的制度，至少允许所有人在缴纳一定费用之后能放弃所有权，或者把土地捐赠出去。在此基础上，还需要确定接收土地的主体是国家，地方政府，还是 NPO 或居委会等第三方机构。

2017 年 12 月，由民间有识人士组成的所有人不明土地问题研究会（由增田宽也前总务大臣任主席）提出，日本需要允许所有人放弃所有权的相关机制，并针对接收这些土地的新型公共机构也提出了建议。他们认为，新型机构应该接待所有人希望放弃土地的咨询，确认国家或地方政府是否需要这些土地。需要的话，可以直接由国家或地方政府接管，不需要时，则可以由新型机构持有或出售。该机构负责利用或出租这些土地的相关事宜，遇到合适的买家也可以将土地卖掉。

关于继承过户登记的相关制度，包括是否应该强制登记等问题，日本政府计划在 2019 年 2 月确定总体方向，在 2020 年修订相关法律。但对于与土地和房产的贬值幅度相比，固定资产税负担过重的问题，以及意见难以统一的老旧公寓拆除、出售及放弃继承等问题，目前还没有进行相关的讨论，这方面的工作还远远不够。

住宅政策由国土交通省负责，过户登记制度由法务省负责，遗产税由财务省负责，固定资产税则是由总务省负责，日本政府各部门之间的“纵向分割”也妨碍了他们根据时代变化及时修订政策。各相关部门能否超越界限，合力解决问题，是日本政府今后面临的挑战之一。

21 世纪 20 年代，团块世代即将步入 80 岁以上高龄，日本也将迎来“多死社会”。父母离世之后，子女不得不接管自己并不想要的土地和空置房屋，被迫面对处理成本和缴税负担带来的烦恼。为了避免 21 世纪 20 年代成为“大负动产时代”，住宅和土地制度的改革已经成了刻不容缓的任务。

后　记

本书以 2017 年 6 月到 2018 年 7 月在《朝日新闻》连载的“负动产时代”系列报道为基础，增加了新的内容，并经过大幅调整而成。

最初开始这个系列报道的契机源自《朝日新闻》经济部记者大津智义的一个疑问，他从 2016 年起专门负责财务省方面的新闻。

2017 年初，大津从某位财务省相关人士那里得知“地方财务部门正因为不知如何处置收到的土地而烦恼”。大津想到《民法》第 239 条第 2 项规定，“无主不动产应归国库所有”，认为无人继承的土地和未按期缴纳遗产税或固定资产税的土地理应由国库接收，不过他又想到这样一来，“国有土地”不就越来越多了吗？正好在这个时期，日本发生了震惊全国的低价出售国有土地的森友学园问题①，为了深入挖掘国有土地问题，

---

① 森友学园问题指学校法人森友学园以 1.34 亿日元的价格购下大阪府丰中市的一块国有土地之后引发的一系列问题。

大津于 2017 年 4 月调到了特别报道部。

特别报道部主要负责“调查报道”，由不属于记者俱乐部的记者经过脚踏实地的反复采访，专门曝光社会上的违法事件或各种隐蔽的社会问题。大津来了之后立即找到了我，我也是从经济部出来的，当时在特别报道部担任主编。我听了他的介绍，马上想到了埼玉记者站的松浦新。2015 年至 2016 年期间，我曾与松浦一起在经济部推出“日本的负担”系列报道探讨税收问题，其中也提到很多人由于不动产难以脱手而不得不承受固定资产税负担。当时松浦曾向我介绍，即使继承人希望把土地“进献”给政府，政府也不会轻易接收。

2017 年 5 月小长假之后，在埼玉县川口市的一家东南亚餐厅里，我、松浦和大津聚在了一起。除了国有土地问题，我们还谈到了被放弃继承而国家又不予接收的悬置不动产、因继承人过多而陷入“僵尸”状态的不动产、因市场价值下跌而无人管理的度假公寓及别墅用地等各种话题。最后，我们决定彻底深挖人口减少背景下陷入了死胡同的不动产问题。系列报道的概念就在这个瞬间确定了下来。

当时属于特别报道部的吉田美智子、北川慧一和观点编辑部的田川刚毅等也加入了采访组，他们一起踏上了在日本各地围绕“负动产”进行采访的旅程。《朝日新闻》刊登“负动产时代”系列报道时，适逢政府根据增田宽也前总务大臣担任主席的“所有人不明土地问题研究会”的提议，反思土地利用及登记制度，在社会上引起了巨大反响。

众多读者提供的信息“壮大”了这个系列报道。每刊登一期报道之后，我们都会收到很多读者反馈，讲述他们在不动产方面亲身经历的具体困难和纠纷。本书中关于原野诈骗带来的二次受害（第 1 章）、固定资产税和遗产税负担问题（第 4 章）等内容都是读者提供的信息中体现出来的。展开系列报道的过程中，我们对这一问题涉及范围之广和根源之深有了切身的体会。在此，我要向为我们提供了宝贵信息的各位读者和接受采访的多方人士深表感谢。此外，东洋大学的野泽千绘教授从很早以前就开始关注这个问题，为我们的整个系列报道提出了宝贵建议，还有东京财团的吉原祥子研究员也对所有人不明土地等问题做了翔实的持续调查，为我们提供了各种数据，我要感谢二位的支持和帮助。

最后，本书编辑、朝日新闻出版社的大崎俊明先生满怀热情地给予我们诸多建议和指导，我在此再次向他表示感谢。

《朝日新闻》经济部代理部长

（“负动产时代”系列报道主编） 野泽哲也

《朝日新闻》"负动产时代"采访组执笔者

大津智义　经济部记者

1975 年出生。1999 年加入日本农业新闻社，2002 年加入朝日新闻社。曾在山形记者站、名古屋报道中心和经济部等处任职，后来在特别报道部参与"负动产时代"系列报道。2018 年起任现职，负责策划。

北川慧一　经济部记者

1981 年出生于京都府。曾在节目制作公司工作，2006 年加入朝日新闻社。曾在特别报道部工作，自 2018 年起任现职，曾负责采访劳动问题和机电产业问题。合著有《非正式员工危机》等。

野泽哲也　经济部代理部长

1971年出生于长野县。1993年进入信浓每日新闻社，2002年加入朝日新闻社。2017年6月起作为特别报道部主编负责“负动产时代”系列报道。自2018年7月起任现职。

田川刚毅　be编辑部记者

1960年出生。1983年加入读卖新闻社，1989年加入朝日新闻社。曾在经济部工作，自2017年起任现职。在观点编辑部工作期间执笔与负动产相关的报道。著有《让公交车开上铁道》等。

松浦新　埼玉记者站记者

1962年出生。1985年进入NHK，1989年加入朝日新闻社。曾在千叶记者站、经济部、周刊朝日编辑部和特别报道部工作，自2017年起任现职。合著有《纪实 老人地狱》和《纪实 税金地狱》等。

吉田美智子　策划报道组记者

1974年出生。1999年进入朝日新闻社。曾在大阪本社社会部、国际报道部、布鲁塞尔记者站和特别报道部工作，自2018年起任现职。合著有《普京的真面貌用证言揭开“皇帝”的素颜》。

著作权合同登记号：图字01-2020-7177

图书在版编目（CIP）数据

负动产时代 / 日本《朝日新闻》采访组著 ; 郎旭冉译. -- 北京 : 中国纺织出版社有限公司, 2021.4（2023.10重印）

ISBN 978-7-5180-8300-8

Ⅰ.①负… Ⅱ.①日…②郎… Ⅲ.①不动产—研究—日本 Ⅳ.①F299.313

中国版本图书馆CIP数据核字(2021)第016215号

著　　者：日本《朝日新闻》采访组　　译　　者：郎旭冉
出版统筹：吴兴元　　特约编辑：郎旭冉
责任编辑：顾文卓　　责任校对：高　涵
装帧制造：墨白空间　　责任印制：何　建

中国纺织出版社有限公司出版发行
地址：北京市朝阳区百子湾东里 A407 号楼　邮政编码：100124
销售电话：010—67004422　传真：010—87155801
http://www.c-textilep.com
中国纺织出版社天猫旗舰店
官方微博 http://weibo.com/2119887771
天津雅图印刷有限公司印刷　各地新华书店经销
2023 年 10 月第 1 版第 3 次印刷
开本：889×1194　1 / 32　印张：8.25
字数：142 千字　定价：42.00 元

凡购本书，如有缺页、倒页、脱页，由本社图书营销中心调换